AF603658

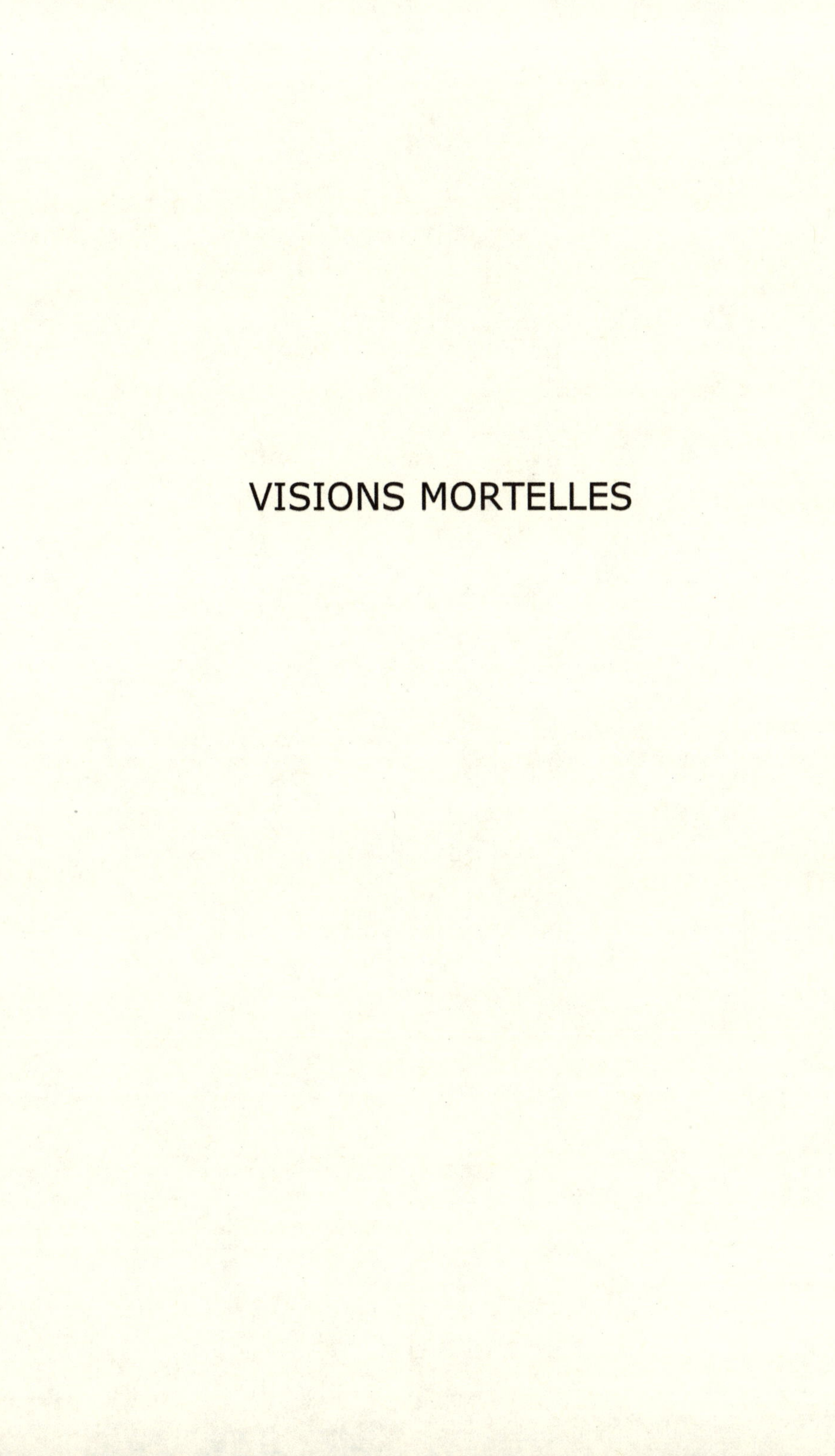

VISIONS MORTELLES

OLIVIER CHAPPE

VISIONS MORTELLES

ROMAN

ISBN : 978-2-9577911-0-1

1

Ils semblent si innocents à cet âge, si loin des préoccupations que la vie future leur réserve, songeait Franck, dont les yeux noir ébène fixaient sans jamais sourciller les deux adolescentes assises de l'autre côté de la route. Juste derrière le banc sur lequel elles s'étaient installées se trouvait une épicerie à la devanture gâtée par le temps. Ouverte sept jours sur sept, elle était le refuge dominical idéal pour tous les enfants à la recherche d'une gourmandise à acheter quand les autres magasins du bourg étaient fermés. Depuis combien d'années le vieux Bill ne s'était-il pas autorisé un seul jour de congé ? Personne n'en avait souvenir. « Personne ne r'part déçu en venant chez moi, c'est comme ça que j'garde boutique. » se paraphrasait-il lui-même dès qu'une âme charitable lui proposait de prendre un peu de repos.

Bien que concentré sur sa surveillance, l'homme restait vigilant aux allées et venues dans le commerce, et de manière plus générale sur l'avenue tout entière. Mieux valait se tenir sur le qui-vive, au cas où un passant attentif, ou pire, un curieux, prêtât un peu trop intérêt au pick-up garé dans la ruelle et, par voie de conséquence, à son conducteur. Il s'agissait d'un ancien modèle de véhicule tout-terrain qu'il avait pris la peine de louer dans une ville voisine distante d'une vingtaine de kilomètres, avant de la salir avec soin dans un chemin forestier boueux. On n'était jamais trop prudent dans ce genre d'entreprise, savait-il par expérience.

Son déguisement était sommaire : une fausse barbe, une vieille casquette de baseball rapiécée d'une étoile verte sur le côté, et pour finir une paire de lunettes de soleil bon marché achetée justement dans le magasin d'en face. La météo magnifique dont bénéficiait la région en cette saison permettait cet accoutrement sans pour autant paraître ridicule ou suspect. Le vendeur, un homme dont la vieillesse avait depuis trop longtemps pris possession de son corps pour que Franck pût déterminer l'âge avec certitude, avait eu un haussement de sourcil à peine perceptible lorsqu'il avait levé la tête à son approche du comptoir. Sa barbe postiche ne pouvait en être la cause. Lui qui d'ordinaire peinait à obtenir plus qu'un duvet clairsemé sur son visage avait prêté une attention toute particulière à l'acquisition d'un modèle digne d'un maquillage de cinéma. La casquette ? Il l'avait trouvée par hasard, dépassant d'une poubelle publique située devant le bar d'une ville voisine, après avoir acheté un expresso à emporter. Ce furtif coup d'œil inquisiteur ne devait être dû qu'en sa qualité d'étranger en fin de compte, pas la peine d'être paranoïaque. Il se forcerait à sourire un peu plus la prochaine fois, voilà tout. Il reprit confiance pour un temps, certain que son camouflage suffirait à cacher son identité derrière les vitres de son véhicule. Son extrême prudence lui avait toujours permis de ne pas se faire prendre, et il comptait bien continuer ainsi.

Comme les autres jours, les deux jeunes ne semblaient pas décidées à se séparer ou à rejoindre un coin plus tranquille. Plus les minutes passaient, plus Franck estimait que cette nouvelle filature ne porterait pas ses fruits.

Toc toc toc.

Le guetteur sursauta. Un bref instant, il eut la crainte irrationnelle de voir sa barbe factice se décrocher et révéler une partie de son visage et avant tout sa lamentable supercherie. Mais ce n'était que son stress qui lui jouait des tours. Il aperçut au-dehors la responsable de son haut-le-corps. Une jeune lycéenne aux cheveux blonds ondulant par-dessus ses épaules. Avait-elle décelé sa surveillance ? Allait-elle le menacer de faire un scandale ? Ou pire encore, hurler qu'un stalker avait pris place en ville et qu'elle avait repéré son petit manège depuis longtemps ? Son esprit fertile enchaîna les possibilités que le futur pouvait lui infliger dans les secondes à venir, toutes pires les unes que les autres. D'une rapide mais profonde respiration machinale, il chassa ses pensées dans un coin de sa tête et retrouva son calme. Analyser la situation, vite. Et si cela s'avérait nécessaire, il devrait régler cette menace sans plus attendre. Il remit le contact, appuya sur un bouton et regarda la vitre s'abaisser sur le visage juvénile.

« Excusez-moi, monsieur, entama la jeune fille d'un sourire un brin provocateur, votre pneu arrière là, de ce côté, il m'a tout l'air d'être dégonflé. Mais je voulais pas vous faire peur, hein, vous avez une drôle de tête, vous êtes sûr que vous allez bien ? Je peux vous chercher un truc frais à boire en face si vous avez envie. »

Il resta quelques secondes sans répondre, comme figé par l'authentique surprise imprimée sur son visage. Il avait envisagé le pire, mais pas ça. Son imagination et son stress lui avaient encore joué un vilain tour, cette rencontre allait se révéler bien insignifiante en fin de compte. Cependant, elle parlait trop, et trop vite, il sentait déjà qu'il serait difficile de s'en débarrasser.

« Ah ! Euh, j'étais perdu dans mes pensées, tu vois. » Il s'efforçait de prendre un air détaché, de ne surtout pas montrer qu'il voulait mettre un terme à cette discussion aussi rapidement que possible. « Je te remercie de m'avoir prévenu, mademoiselle, j'aurais pu abîmer ma jante si j'étais reparti comme ça.

— Vous pouvez m'appeler Julia, vous savez. Sur une courte distance, je ne crois pas que vous auriez eu des problèmes. Ça n'en a pas l'air, mais je suis super calée en mécanique. Enfin, pour une fille de mon âge. Je ne serai pas capable de réparer tout votre moteur, vous comprenez ? Mais peut-être que vous venez de loin, c'est ça ? Je n'ai jamais vu votre 4x4 dans le coin. Vous êtes chasseur ? Non mais je dis ça à cause de la boue et de la saleté partout, vous aimez les chemins de terre vous ! Mais bref, dans ce cas oui, ce serait plus prudent de changer la roue dès maintenant. Vous voulez que je vous aide ? »

Était-elle sincère ? Impossible à déterminer pour Franck. Lui qui d'habitude jugeait avec discernement la majorité de ses interlocuteurs, il ne voyait en cette fille qu'un épais brouillard. Il s'inquiétait sans doute trop, ce n'était qu'une ado.

« Non merci, euh, Julia. Je filerai tout à l'heure au garage le plus proche pour m'en occuper. Bon, je te remercie de m'avoir averti et de me proposer ton aide, mais je dois passer un coup de fil, donc je vais devoir te laisser, tu comprends ?

— Oh oui, pas de soucis, monsieur. Mais vous savez, connaître le prénom d'une jeune fille sans donner le sien, ça en serait presque malpoli non ?

— Ah, tu as sans doute raison. Je m'appelle Paul.

— Enchantée alors, Paul, et au revoir.

— Au revoir oui, et merci encore. »

Le prétexte du téléphone manquait tellement de crédibilité qu'il en aurait presque rougi. Il se doutait bien que la lycéenne avait compris qu'il voulait couper court à leur conversation. Mais peu importait, ils avaient parlé trop longtemps, suffisamment pour qu'elle se souvînt de lui, de son visage grimé, de son véhicule. Si jamais les choses tournaient mal, cela pourrait lui porter préjudice. Il la regarda s'éloigner dans son rétroviseur. Quelle idée avait-elle eu d'aborder un inconnu de cette façon ? Elle ne réalisait pas à quel danger elle se risquait en agissant de la sorte. Il sourit presque de son enfantine effronterie.

Il scruta la devanture du magasin. De la paume de sa main, il frappa le volant avec force. Il manqua de peu le klaxon, cela aurait été le bouquet. Vide. Le banc était vide. Impossible, il avait pourtant regardé de manière assidue l'autre côté de la route pendant toute la durée de son échange forcé. Les deux jeunes étaient toujours en train de se parler d'un air enthousiaste, sans donner l'impression d'être sur le point de partir. En y repensant, il avait observé le trottoir opposé beaucoup trop fréquemment, son interlocutrice aurait très bien pu le remarquer. Très certainement, même. Encore un comportement imprudent si loin de ses habitudes. Il regarda à nouveau dans le petit miroir intérieur mais Julia s'était déjà éclipsée. Représenterait-elle un danger pour lui en fin de compte ? Aurait-il dû s'en occuper sans attendre ? Cela aurait pu être le cas, s'il avait constaté plus tôt la disparition de sa cible.

Il entama un tapotement frénétique sur le volant usé par le laisser-aller des utilisateurs successifs du véhicule. La paume ouverte frappait le cuir noir de plus en plus fort et sa peau commença vite à rougir, mais Franck n'y prêta aucune attention. Comme toujours, ce geste répété permettait de diminuer peu à peu son stress, c'était tout ce qui importait. Sa main stoppa net son mouvement et resta en suspens quelques secondes avant de se reposer en douceur sur son genou. Un soupir de soulagement s'échappa de ses lèvres. La jeune fille épiée se tenait là, dans l'embrasure de la porte d'entrée du magasin. Elle était tout bonnement allée faire quelques courses. Après un geste amical en arrière pour dire au revoir, elle se libéra de l'ombre de la boutique et apparut en plein jour. Elle s'arrêta et porta sa main devant ses yeux pour se protéger de l'aveuglement soudain.

Franck ne risquait pas de se faire repérer à cette distance. Néanmoins, il profita de ses lunettes de soleil pour faire mine de lire un roman, trouvé dans la boîte à gant et sans doute oublié par le précédent occupant. Il continuait de fixer le côté opposé de la rue avec attention, mais ses espoirs furent vite réduits à néant. La jeune fille repartait. Surtout, elle n'était plus accompagnée. Où donc était passée l'autre ? Toujours dans le magasin ? La première adolescente disparut de son champ de vision sans qu'il ne vît personne en ressortir. Tout cela n'avait servi à rien en fin de compte, une fois encore. Son moteur démarra sans discrétion. Peu importait à présent, il n'avait plus qu'à attendre le lendemain et commencer une nouvelle surveillance. Et patienter. Jusqu'au jour où il faudrait agir.

2

Les paupières de la jeune fille peinaient à s'ouvrir, comme si son inconscient cherchait d'une manière ou d'une autre à la protéger de l'implacable vérité. Une douleur lancinante à la cheville avait accueilli son réveil, à moins que ce ne fût celle-ci qui l'eût ramenée à la vie. Elle ne réussit à se débarrasser de sa torpeur qu'après plusieurs minutes, lesquelles semblèrent interminables aux yeux de l'adolescente. Lorsqu'enfin elle estima avoir repris le contrôle de la majeure partie de son corps, elle se décida à examiner l'origine de sa souffrance somatique.

Détacher son regard du plafond gâté se révéla plus ardu qu'elle ne l'aurait pensé. Plus que l'usure naturelle, une grande zone de la surface au-dessus d'elle avait dû subir une importante fuite d'eau ou une inondation dans la pièce du niveau supérieur. Son cerveau n'avait pu endiguer son imagination de créer toutes sortes de monstres et autres animaux fantastiques à partir des tâches lui faisant face. Elle chassa ses idées saugrenues d'un mouvement de tête qui lui parut s'accomplir au ralenti, puis se redressa. Ses mains s'enfoncèrent dans le matelas trop mou et lui laissèrent une désagréable impression d'emprise, telle l'étreinte d'un bourbier. Qualité douteuse, ou mousse tassée par des années d'utilisation ? Peut-être les deux, supposa-t-elle en regardant enfin la partie inférieure de son corps. Prise d'un irrésistible haut-le-cœur, de vifs tressaillements parcoururent ses bras et manquèrent de la faire retomber sur le dos. Voilà en fin de compte l'origine de son indicible affliction. Un goût de bile envahit sa bouche, la forçant à ouvrir les lèvres et cracher dans le vide. La vision de sa jambe droite était si invraisemblable qu'elle la crût un instant tirée de son imagination. Il s'agissait pourtant bien de la sienne, entravée au niveau du mollet à même sa douce peau juvénile par une chaîne de métal, d'où s'échappaient des filets de sang coagulés.

Ses pensées s'emballèrent, s'emmêlèrent. Que signifiait tout cela ? Pourquoi lui infligeait-on donc ça ? Surtout qui ? Et comment ? Son esprit peinait à rassembler et ordonner ses souvenirs. Elle sentait à peine les perles de sueur apparaître et glisser le long de son visage frissonnant, pour finir par se détacher et atterrir sur ses cuisses et sur le lit. Les marques humides se multipliaient et semblaient presque répondre aux avaries depuis longtemps séchées du plafond. Les imperceptibles poils de ses bras n'auraient pu être plus dressés qu'à cet instant, même si elle s'était postée à une fenêtre ouverte en plein hiver, vêtue d'un simple t-shirt.

Comprenant sans pour autant l'accepter la gravité de la situation, elle entreprit de replier sa jambe afin d'examiner de plus près son entrave, avec le maigre espoir de réussir à s'en défaire. Ce geste banal se révéla loin d'être anodin et lui arracha de nombreux gémissements, tant l'acier frottait contre sa peau. Elle dut y aller à petits pas, s'offrant de profondes et nécessaires respirations pour évacuer au mieux ses indicibles tourments. Enfin installée, elle prit le temps de retrouver un semblant de calme avant de se pencher et d'observer sa blessure. Elle découvrit l'origine de son mal. On avait pris soin d'entailler la peau tout autour de sa cheville pour dévoiler la chair, avant de lui apposer l'attache et de la serrer au plus près du corps. Le moindre mouvement de sa part engendrait alors d'inévitables frottements contre l'acier froid et, par voie de conséquence, d'épouvantables supplices.

Elle voulait tout oublier. Si elle en avait été capable, elle aurait provoqué son propre évanouissement pour s'affranchir de cette horrible vue. Elle enlaça sa jambe et se recroquevilla autant que possible, jusqu'à ressentir une légère douleur au niveau du ventre. Ce n'était pas grand-chose, mais elle se sentait moins vulnérable dans cette position. Pour autant, ses pensées ne souffraient elles d'aucune barrière. Quel esprit malade avait pu vouloir lui infliger une torture pareille ? Une connaissance qu'elle aurait à ce point blessée ou irritée pour imaginer une si ignoble vengeance ? Impossible, elle n'avait causé aucun tort qui justifierait une telle vendetta. Alors un désaxé, un étranger que la malchance lui aurait fait croiser la route ? Pourquoi pas un voisin, ou un camarade de classe, que la folie aurait poussé à agir de la sorte aujourd'hui ? Les hypothèses et les questions en découlant se multipliaient dans sa tête pour créer une cacophonie d'histoires parallèles, toutes plus invraisemblables et macabres les unes que les autres.

Silencieuse jusque-là, exception faite de ses quelques plaintes inévitables, elle laissa s'échapper un long râle de la mince brèche entre ses lèvres sèches et tremblotantes. D'abord ténu, le son s'amplifia en une déchirante lamentation semblant prendre possession de tout l'espace de la pièce.

3

Le crépuscule, qui avait pour habitude de parer chaque soir la rue des Quatre-Chemins de flammes impalpables visibles à travers la faible ondulation des feuilles de chênes centenaires, se trouvait aujourd'hui perturbé par l'intrusion intermittente de flashs bleu vif. La route ne jouissait pas davantage du traditionnel calme de ses résidents. Elle était privée des quelques jeunes qui jouaient souvent dehors et apportaient en ce lieu leurs cris stridents mais aussi leur enthousiasme enfantin. Les personnes âgées, qui d'ordinaire auraient été près d'achever leur promenade sous l'air doux et apaisant de fin d'après-midi, avaient stoppé leur tour. Ils se tenaient par petits groupes, silencieux. Parfois, ils desserraient la mâchoire et sortaient quelques banalités, sans oser alimenter la conversation du sujet accablant qui les retenait ici. Les animaux eux-mêmes, en majorité chats et chiens, mais aussi un ou deux audacieux écureuils à la recherche de nourriture, avaient déserté la zone ou se montraient bien plus discrets qu'à l'accoutumée. On entendait le moteur des voitures baisser de régime en s'approchant. Une fois arrivées à sa hauteur, elles roulaient presque au pas pour s'offrir le temps d'observer cet intrigant spectacle. Le regard des passagers croisait parfois celui d'un voisin, sorti sur son palier après un moment plus ou moins court d'hésitation. Les personnes inconnues l'une pour l'autre s'adressaient alors un signe de tête gêné, avant de rapidement détourner la vue.

« Oh là là, il y a de plus en plus de monde dehors ! Tu devrais venir voir ça, René. Non mais quelle honte, ces gens sont si indiscrets. »

Inconfortablement assis sur sa chaise, le vieil homme ne prit pas la peine de lever les yeux de la maquette de caravelle sur laquelle il travaillait depuis trois heures aujourd'hui. Une formidable réplique (enfin, il espérait que ce serait l'avis de tous une fois l'œuvre terminée), pour laquelle il avait dessiné lui-même les plans. Il essayait, sans oser le révéler par peur des critiques, de reproduire la Santa Maria, un des trois navires utilisés par Christophe Colomb lors de sa conquête de l'Amérique. Il aurait presque été tenté de sourire aux véhéments reproches adressés par sa femme, mais la vieille bougresse avait des yeux derrière la tête et il voulait éviter toute remontrance de sa part. « C'est l'hôpital qui se moque de la charité ! » s'imagina-t-il lui répliquer du tac au tac.

Elle avait certainement été la première à entrouvrir à peine les rideaux de sa cuisine, le ventre appuyé sur le rebord de son évier pour mieux voir la scène prendre place au-dehors. Elle en ressortirait peut-être avec le chemisier mouillé, mais les années de surveillance lui avaient appris que cette position était idéale pour satisfaire son insatiable curiosité. Les autres fenêtres présentaient toutes des inconvénients rédhibitoires à toute observation digne de ce nom : mauvaise orientation, buisson ou arbre occultant une part trop importante de la rue, manque de discrétion. Et ce n'était qu'un peu d'eau, elle se changerait une fois le petit manège terminé, une nouvelle fois.

Son fils avait été le premier averti, bien sûr. Elle s'était ensuite décidée à prévenir Marianne, voisine et amie de longue date, non sans avoir mûrement hésité à garder pour elle seule l'exclusivité de l'information. Mais lorsqu'un premier passant s'était arrêté à proximité, puis d'autres, elle avait jugé opportun de lui téléphoner avant de se faire voler la vedette. Elle avait ignoré le nouveau soupir de son époux, lequel imaginait être discret, caché derrière la construction de son bateau, toujours aux aguets pour critiquer ce qu'il appelait injustement des commérages. « Il est bien content de me voir revenir des courses avec toutes les nouvelles de la ville. » se plaisait-elle à croire, à tort.

« Et tu vas me dire que ça ne t'intrigue pas, toi, que la police se déplace chez nous, avec plusieurs voitures qui plus est ? » Elle toisa son mari, avec l'intention de le convaincre d'un simple regard perçant. Celui-ci ne prit pas la peine de lever les yeux de son ouvrage. Il se borna de répliquer du ton le plus morne qu'il lui fût possible d'emprunter, dans l'espoir de terminer cette conversation au plus tôt.

« Je dis que ce ne sont pas mes affaires, et certainement pas les tiennes. Si les forces de l'ordre se sont déplacées, c'est sûr que c'est important, mais la nouvelle ne sera que mauvaise, donc autant que je la découvre le plus tard possible. Je ne peux rien y faire de toute façon.

— Et moi je dis que ça nous concerne tous, rétorqua-t-elle d'une voix plus catégorique que jamais, un œil toujours à l'affut sur ce qui se passait au-dehors. Si cela implique une famille voisine, on sera impactés. Je ne veux pas être en danger sans le savoir, tout ça parce que je partage ma rue avec un sombre individu.

— Mais enfin ma chérie, que vas-tu imaginer ? »

Il se redressa, non sans ressentir une certaine raideur au niveau du dos, signe qu'il avait travaillé trop longtemps au regard de son grand âge, une fois de plus. Il regarda sa femme avec attention, sans aucun jugement cette fois. Il la vit soulagée de plonger ses yeux dans les siens. Effet collatéral de sa curiosité excessive et de son passé, elle avait tendance à dramatiser les événements dont elle ignorait les tenants et aboutissants. Il reprit d'une voix qui se voulait rassurante.

« Tu connais tout le monde ici, sans doute un peu trop d'ailleurs. Il n'y a pas de criminel dans notre quartier, tu t'inquiètes pour rien. Tu devrais venir boire un café avec moi. Mais qu'est-ce que tu fabriques encore avec ça ? »

Mathilde avait déjà cessé de prêter attention à la conversation lorsque son mari la vit sortir ses jumelles du tiroir. Elle avait trouvé un espace exigu au milieu du fouillis des rangements de sa cuisine pour les entreposer à proximité de son point de vue fétiche. De cette manière, elle pouvait mettre la main dessus sans perdre une miette de ses observations. Si elle ne les utilisait pas au quotidien, elle n'en était pas loin. Aujourd'hui encore, elles lui seraient d'une précieuse aide. Comme à son habitude, elle les tenait d'une poigne ferme, sans trembler, récompense des années de surveillance du voisinage. Mais elle avait beau jouer de la molette centrale, il lui était impossible d'obtenir une netteté suffisante pour distinguer autant qu'elle l'aurait désiré l'intérieur de cette voiture au loin.

« René ! René ! Il y a un type louche là-bas. » Ne serrant plus son complice d'espionnage que d'une main, elle pointait d'un doigt accusateur le mur de la cuisine.

« Mais ma chérie, ce n'est sans l'ombre d'un doute qu'un passant qui s'est arrêté par curiosité, comme toi. Peut-être même est-il ici pour une raison tout à fait différente, et qu'il ne s'agit que d'une simple coïncidence.

— Ah, les coïncidences, moi je n'y crois pas. Et surtout, je sais reconnaître un type pas normal quand j'en trouve un. Et lui, c'est un sacré client, si tu veux tout savoir.

— Et qu'est-ce qui rend cet homme bizarre à tes yeux, dis-moi ?

— Il porte une casquette et peut-être bien des lunettes dans sa voiture. Je ne vois pas bien. Sans doute pour qu'on ne puisse pas l'identifier.

— Enfin, c'est ridicule mon cœur. Regarde dehors, ce n'est pas la canicule, mais le temps est bien assez agréable pour mettre une casquette, ou des lunettes. Et beaucoup de gens les gardent sur eux, même à l'intérieur de leur véhicule. On en voit fréquemment dans les magasins, rappelle-toi. Des jeunes souvent, mais pas que.

— Tu auras beau dire ce que tu veux, il a un air sinistre, répliqua-t-elle, entêtée. Il est garé devant les Legrand, je devrais peut-être les prévenir.

— Et tu vas soutenir que tu distingues la physionomie de cet homme à cette distance, derrière son pare-brise ? protesta-t-il tout en se frottant le milieu du dos de ses poings. Tu peines déjà à voir s'il porte ou non des lunettes. Ça pourrait même être des lunettes de vue d'ailleurs. C'est n'importe quoi. Pose ces jumelles, et ne t'avise surtout pas de déranger nos voisins avec tes histoires.

— Je sais ce que je vois, René, je sais ce que je vois. Je vais tout de même mettre noir sur blanc le numéro d'immatriculation de la voiture. C'est plus prudent, je pense. » acheva-t-elle en ouvrant son bloc-notes pour y inscrire les précieuses informations. L'intonation de sa voix sur cette dernière phrase avait diminué et trahissait une réelle fragilité.

Rompu à cet exercice, l'homme se leva et s'approcha de sa femme. Elle regardait dans le vide depuis qu'elle avait terminé d'écrire. Parvenu à sa hauteur, il lui prit le carnet des mains, le posa sur le plan de travail et la tint par les épaules. Il la massa avec douceur quelques instants et l'amena ensuite en direction du salon.

« Viens avec moi, je crois que tu as besoin de te relaxer. Nous allons bien trouver une émission de télévision intéressante ou sur laquelle nous moquer à cette heure. »

Sans répondre, Mathilde se laissa diriger et s'installa dans le canapé, tout contre son mari. Le calme et la bienveillance de celui-ci parvinrent comme toujours à écarter au loin ses douloureux souvenirs.

4

« Tu es sûr que tu ne veux rien avaler ma chérie, je peux t'amener un plateau dans ta chambre, si tu préfères ?

— Nan merci m'man, vraiment. Je descendrai tout à l'heure si la faim revient, d'accord ? »

La jeune fille ne laissa pas le loisir à son interlocutrice de lui opposer un nouvel argument. Elle ferma la porte avec juste ce qu'il fallait de force pour l'entendre résonner depuis le rez-de-chaussée, sans pour autant donner l'impression de l'avoir claquée par excès de mauvaise humeur. Cela aurait été courir le risque d'entamer une interminable et stérile conversation. Elle concevait aisément la surprise de la voir décliner un repas, en particulier le dîner. Au grand dam de sa mère, elle mangeait, ou plutôt engloutissait, deux à trois portions des plats cuisinés chaque soir, alors qu'elle se contentait de doses minimes durant le reste de la journée. Ce n'était pour autant pas une raison pour l'assiéger de questions. Elle regretta de ne pas avoir pensé à prétexter un mal d'estomac ou des douleurs dues à ses règles dès son arrivée. Si elle avait eu l'occasion de s'examiner dans un miroir, ne serait-ce qu'un instant, Julia aurait compris d'elle-même que l'inquiétude ne se limitait pas à son soudain manque d'appétit, mais aussi et surtout au teint blafard exposé par son visage.

Une boule au ventre s'était installée depuis plusieurs heures, bien avant son retour à la maison. Elle ne lui coupait pas la faim, car son estomac noué se rappelait à son bon souvenir par des gargouillements réguliers. En réalité, elle se demandait si elle aurait pu avaler ne serait-ce qu'une bouchée, ou si son corps aurait rejeté toute nourriture ingérée sur-le-champ. Elle en venait à penser qu'elle n'aurait même pas senti la lame d'un couteau pénétrer sa chair, perturbée comme elle l'était par la situation. Mais pourquoi songeait-elle à présent à des idées si sinistres ? Ça ne tournait vraiment pas rond chez elle. Elle devait être folle. « Ce serait si simple », se dit-elle en esquissant un sourire du coin des lèvres, avant de le faire disparaître sur-le-champ. Elle savait bien que non, elle avait véritablement ressenti tout cela. C'était réel.

Un frisson la parcourut. Elle était persuadée que se blottir sous ses draps ne lui serait d'aucun secours, c'était tout autre chose que le froid qui l'envahissait. Néanmoins, elle découvrit son lit pour s'y installer en tailleur, avant de ramener à elle couette et couverture. Elle ressassait invariablement les récents événements pour être sûre et certaine de ne rien oublier, pas un détail, pas une seconde. Elle espérait aussi pouvoir ajouter un nouveau souvenir à force de répétitions. Elle se demanda plus d'une fois si ce petit manège était raisonnable, sans parvenir pour autant à s'arrêter. Elle repassait en boucle ce moment, rembobinant la scène une fois arrivée à son terme, comme elle l'aurait fait sur un film pour en visualiser encore et encore le même extrait. Plus elle agissait ainsi, plus le doute s'installait. Était-elle réelle, cette impression dérangeante qui l'avait assaillie au moment même où elle avait appris la nouvelle, comme si elle était déjà au courant ? Cela était impossible, alors quoi ? Un sentiment de déjà-vu ? Peut-être, mais comment expliquer ces images surgies dans sa tête un bref instant avant de disparaître, son imagination ? Ces dernières l'obsédaient plus que le reste, et c'était d'ailleurs elles dont elle s'acharnait à se souvenir, en vain. À présent, elle avait plutôt l'impression d'en inventer de purement fictives à partir des fragments conservés dans ses pensées.

« Julia, ton téléphone sonne ! Sur le château ! »

Les bribes de mémoires reconstitués avec peine volèrent en éclat dans son esprit, comme un puzzle renversé. La jeune fille mit quelques secondes à comprendre. Effectivement, elle ne voyait son portable nulle part autour d'elle. Elle se rappelait maintenant l'avoir posé sur le meuble à chaussures instable du vestibule. Sa mère l'avait rebaptisé de ce sobriquet depuis toujours, en référence à l'expression château branlant décrivant mieux que tout la première construction plus que hasardeuse de sa créatrice. L'adolescente avait oublié de reprendre son appareil après avoir ôté son manteau. Ne pas s'en être rendu compte après tout ce temps était vraiment signe qu'elle était chamboulée. L'appel provenait de Marie, songea-t-elle en descendant d'un pas sautillant au rez-de-chaussée. Son amie allait vouloir bavarder pendant des heures de l'événement. Elle attrapa sur le chemin du retour deux gâteaux sous le regard protecteur de sa mère. Elle ne les avalerait sans doute pas avant demain, mais ce petit geste lui éviterait peut-être une incursion parentale durant la soirée.

Une fois installée sur son lit, elle consulta l'écran de son téléphone et rappela Marie.

5

Le pick-up couleur taupe commença à ralentir à bonne distance de la maison, jusqu'à s'arrêter au bord du trottoir. Mieux valait se tenir à l'écart, les coups d'œil indiscrets étaient de mise en pareilles situations. Une rencontre même accidentelle pouvait facilement lui nuire. Une dame âgée, trébuchant à quelques mètres de lui, se relevant à grand-peine et croisant par hasard son regard à travers le pare-brise. Un enfant visant mal lors d'un quelconque jeu, voyant son ballon rebondir sur la carrosserie et venant plein de bonnes intentions s'excuser. Beaucoup d'autres situations plus ou moins vraisemblables défilèrent dans sa tête. Si une seule d'entre elles avait l'impertinence de se réaliser, sa position pourrait vite se révéler dangereuse. Décidément, le jeu n'en valait certainement pas la chandelle, il aurait dû s'abstenir au lieu de faire preuve de tant d'audace. Pour autant, il ne tourna pas la clé de contact et laissa ses deux mains cramponner le volant, signe d'une pointe d'impatience. Il fixait l'autre bout de la rue avec insistance, dans l'espoir de voir surgir les enquêteurs de la demeure. Il s'engagerait alors sur la chaussée et passerait devant eux à une allure qu'il jugerait raisonnable, de manière à ne pas attirer leur attention. Sa présence ici n'avait pour seul objectif que de découvrir leur visage. Ils seraient amenés à parcourir la ville au cours de leurs investigations, mieux valait donc pouvoir les reconnaître à l'avance. Étant donné qu'ils ne porteraient sans doute pas d'uniforme et que lui-même se trouvait dans la commune depuis trop peu de temps pour en connaître la plupart des habitants, il avait pensé qu'il s'agissait là du moyen le plus efficace de pouvoir les éviter. Ils ne feraient que le gêner.

Un groupe d'ados passa à sa hauteur, sans même adresser un regard à son véhicule. Cela le rassura à moitié. Ses muscles se décontractèrent légèrement, il s'affaissa un peu plus sur son siège et pencha sa tête de droite à gauche pour déraidir sa nuque. Le calme n'eut pas le loisir de s'enraciner. Sans crier gare, l'idée que la jeune fille trop bavarde eût pu faire partie de la bande s'immisça dans ses pensées. Curieuse comme elle semblait l'être, elle aurait à coup sûr reconnu son pick-up et n'aurait pas manqué de scruter l'habitacle, surprenant de ce fait sa surveillance. Il eut beau fouiller dans sa mémoire, impossible de se souvenir de son prénom. Aucun enfant du groupe ne se retourna.

Il regarda sa montre. Dix-sept heures vingt-trois. Il attendait donc depuis un peu moins de trente minutes. Déjà sur place à son arrivée, les deux voitures de police ne pouvaient le renseigner sur la durée de leur présence. L'une d'entre elles était banalisée, mais l'avertisseur lumineux toujours en fonctionnement sur la planche de bord trahissait l'identité du conducteur. S'il ne pouvait déchiffrer la plaque d'immatriculation à cette distance, Franck avait pris soin d'emblée de mémoriser le modèle, une berline allemande bleu marine. Il ne devrait tout de même pas oublier de lire les numéros au moment où il passerait devant eux, ce type du véhicule se croisait fréquemment.

Trente-sept longues minutes s'écoulèrent encore avant de récompenser l'attente de Franck. La porte s'ouvrit. Trois minutes supplémentaires passèrent. Clore la conversation devait être difficile dans ces circonstances, pensa-t-il avec lassitude. Enfin, quatre silhouettes se détachèrent de la façade et traversèrent la pelouse. Il ignora les deux premières en uniforme bleu marine et concentra son attention sur les suivantes, tout en démarrant sa voiture. À présent, tout était question de timing. Il devait les voir de plus près avant que le duo ne rentrât lui-même dans son véhicule. Par chance, ils discutaient sur le trottoir. Il les scruta tout le long, alors qu'eux-mêmes ne détournèrent pas leur regard une seule fois. Le premier était brun et ne paraissait pas avoir plus de trente ans. Rasé de près, son allure trapue était sans doute renforcée par sa proximité avec sa coéquipière, laquelle le surpassait d'une bonne tête. Un mètre quatre-vingt-dix au bas mot, sa peau d'ébène brillait presque sur le tailleur pantalon bleu canard qu'elle portait. Son visage était fermé, certainement à cause de l'affaire dont elle allait devoir s'occuper, et sa coupe au carré endurcissait davantage ses traits. Elle parvint à paraître plus sévère encore lorsqu'elle soutint le regard de son partenaire, lequel venait de prendre un air souriant. Sûrement une plaisanterie mal placée, voire de mauvais goût, car il retrouva aussitôt une attitude plus neutre face au froncement de sourcil qu'il rencontra. Franck n'accéléra pas après les avoir dépassés et continua jusqu'à tourner à la première intersection. Il marqua un bref arrêt, le temps de noircir une feuille des chiffres mémorisés. Après un grand détour où il manqua de se perdre, il regagna sa planque. Il devait régler encore beaucoup de choses ce soir, mais il s'accorda un moment de répit. Il s'allongea sur le lit et ferma les yeux.

6

Plus rien. Les bruits avaient cessé pour de bon. Sans s'en rendre compte, la jeune fille avait retenu son souffle pendant tout le temps où elle guettait avec anxiété un quelconque son. Elle prit une profonde inspiration après s'en être aperçue, incapable de se rappeler avoir arrêté de respirer, puis expira lentement. Plus que tout, elle voulait éviter de rompre ce silence, quand bien même le risque d'entendre le moindre de ses soupirs en dehors de la pièce était inexistant.

Elle avait la certitude d'avoir perçu en tout premier lieu le claquement d'une porte. Par réflexe, elle avait même failli crier à l'aide, comme si quelqu'un allait débarquer pour la sortir de ce mauvais rêve. Elle se retint de justesse et pria pour que son agresseur ne descendît pas, pas si vite. Ça arriverait, bien sûr, elle n'était pas idiote, mais elle n'était pas prête à cette confrontation, pas prête à ce qui risquait de se passer. L'identité de son ravisseur restait un mystère mais, quel qu'il fût, de cette découverte ne découlerait qu'horreur et désespoir.

Prise une fois encore d'une curiosité presque mécanique, elle sonda du regard l'ensemble de la pièce. Elle s'arrêtait sur chaque objet, chaque meuble, à la recherche d'un détail qui lui révélerait le nom du coupable, ou alors la maison où on la séquestrait. Elle avait acquis la certitude de n'avoir jamais mis les pieds ici, mais elle aurait pu reconnaître quelque chose qui se serait trouvé dans le passé à un endroit différent de la demeure. Rien n'évoquait chez elle le moindre souvenir. L'espèce de cave était de toute façon assez vide. Sans aucun doute, sa geôle se situait sous le rez-de-chaussée, en témoignaient les deux seules issues visibles. La première, une porte accessible par un petit escalier, qui conduisait de toute évidence vers le reste de l'habitation. La seconde, un soupirail placé au niveau du plafond, sur le même mur où l'on avait apposé son lit. Derrière le verre encrassé, elle discernait les herbes hautes onduler en douceur sous la brise automnale. Sa largeur suffisait-elle pour lui permettre de s'y faufiler, en supposant qu'elle se libérât de ses chaînes ? Peut-être, oui. Sûrement même. Encore fallait-il espérer que le vieux battant fonctionna toujours aujourd'hui. Elle préféra ne plus s'attarder dessus. Étant donné la façon aussi minutieuse que barbare de l'attacher, elle avait la certitude que cette sortie, si étroite fût-elle, avait été condamnée par son ravisseur.

Elle reporta son attention sur un bureau industriel. Installé près du lit, sur sa droite, sa proximité apportait plus de frustration qu'autre chose. Les entraves de l'adolescente empêchaient en effet tout espoir de l'atteindre. Le plateau métallique renforçait l'aspect froid d'une cellule, mais il pouvait contenir des informations intéressantes. Une pile mal assemblée de feuilles et de pochettes trônait sur le bord, à côté de quelques stylos éparpillés. Deux tiroirs situés de part et d'autre renfermaient peut-être d'autres secrets.

Les seuls renseignements incontestables provenaient en définitive d'une ancienne affiche accrochée au mur. Le coin en haut à droite s'était détaché et retombait sur le poster jauni par le temps, mais sans en gêner la lecture.

Concours annuel de pêche
Lac Titouaha
Édition 2002

Elle pouvait en déduire qu'on la retenait prisonnière à proximité de chez elle. La compétition présentée était une tradition bien ancrée dans la vie de la région. Elle se déroulait chaque année, le premier weekend suivant le début des grandes vacances d'été, et ce depuis près de cinquante ans. Quant au site, il ne variait pas, il s'agissait toujours du large plan d'eau dont une partie longeait les limites de la ville. Le propriétaire des lieux, amateur ou non de la capture de poissons, ne devait pas résider très loin. Un mince espoir refit surface à l'idée de ne pas avoir été emmenée à des centaines de kilomètres de chez elle, mais il disparut bien vite. Pour autant, cela changeait-il quelque chose à sa situation ? Si les policiers qui la chercheraient ratissaient les environs avec soin, ils n'iraient pas jusqu'à fouiller tous les domiciles avoisinants.

Son estomac gargouilla. Ce n'était pas la première fois que la faim ou la soif la tenaillaient depuis son réveil. La plupart du temps, ces sensations s'estompaient assez vite face à l'angoisse de sa condition. Elle posa à nouveau le regard au bas du lit. Une assiette et une bouteille l'attendaient. Il était pour elle inconcevable d'en disposer. D'une part, pour ne pas faire le plaisir à son agresseur de lui devoir la moindre chose, pas tant qu'elle ne se sentirait pas à l'article de la mort. D'autre part, qui savait ce qu'il avait bien pu rajouter dans le sandwich ou dans l'eau ? À la découverte de la nourriture, son appétit avait surgi de nulle part et elle s'était emparée du morceau de pain avant de réfléchir à la situation. Elle l'avait alors reposé, mi-décidée, mi-résignée, plus abattue qu'au départ. Plus tard (était-ce vingt minutes, une heure, plus encore ?), elle l'avait saisi de nouveau pour l'examiner. Une simple tranche de jambon repliée en trois se trouvait à l'intérieur, dont on avait retiré presque tout le gras. Pas de trace de poudre blanche ou d'une quelconque substance. Elle avait porté le casse-croûte toujours entrouvert à hauteur de visage et l'avait reniflé. Rien d'autre que le fumet bien trop attirant du morceau de charcuterie ne vint titiller ses narines. Elle avait vite reposé le tout dans l'assiette, la gorge nouée. Aucune odeur suspecte n'avait semblé émaner non plus de la bouteille. Rien de réconfortant, la collation pouvait tout de même contenir des médicaments ou des drogues aux effets inconnus. Peut-être souhaitait-il se rendre dans la pièce sans être vu, pour quelque obscure raison. Dans ce cas, il aurait pu ajouter des somnifères dans son repas. Quoique sceptique, elle arracha d'un vif coup de mâchoire un fragment du sandwich avant de le recracher aussi vite dans sa main. Elle se pencha au bord du lit et jeta le morceau de nourriture en dessous. Elle dévissa ensuite la bouteille d'eau et fit couler le liquide dans le coin du mur, de manière à masquer toute trace de son geste. Pour finir, elle s'allongea, ferma les yeux et fit mine de dormir. Elle avait réalisé cette mise en scène avec l'intention de feindre un état de sommeil dû à la présence éventuelle de narcotiques. Si jamais le kidnappeur s'approchait près d'elle sans se méfier, elle se jetterait sur lui et espérerait un effet de surprise suffisant pour prendre l'avantage. Et s'il gardait sur lui la clé du cadenas, elle pourrait parvenir à fuir. Elle imagina en boucle ce scénario bien improbable jusqu'à être emportée par la fatigue.

7

Claudia avait retrouvé le sourire. Elle s'était pourtant levée d'un pas incertain à l'aube, repensant au comportement inhabituel de sa fille. Elle avait eu beau se marteler que ce genre d'attitude était tout à fait fréquent chez une adolescente, son instinct maternel lui intimait le contraire.

Avant Julia, elle s'était toujours moquée à qui voulait l'entendre de ce soi-disant sentiment protecteur capable de sentir, voire d'anticiper la vie de ses chérubins. Elle avait basculé de l'autre côté à la naissance de sa fille. À peine nourrisson, elle devinait avec justesse la raison de tous les cris de son bébé : faim, soif, peur, nécessité d'être changée ou encore fatigue. Elle avait tout d'abord associé cela à la proximité quasi ininterrompue avec son nouveau-né qui permettait très vite une compréhension spontanée des besoins de son enfant. Avec les années, elle avait pris conscience qu'il y avait autre chose. À l'école maternelle, lorsque Julia sortait de la classe en fin d'après-midi et s'approchait, elle ressentait avec exactitude comment sa journée s'était déroulée, peu importaient les sourires de façade et les larmes refoulées.

Encore maintenant, elle vivait avec ce fardeau. Car si ce don, elle pensait que nommer cela instinct était trop réducteur, l'avait d'abord amusée puis aidée dans l'éducation de son enfant, il était trop vite devenu dur à supporter. Une douce malédiction dont elle ne pouvait se défaire. Elle n'avait jamais osé en parler à Julia, bien sûr, de crainte de la réaction que susciterait cette nouvelle pour elle et le risque de la voir se renfermer. Elle faisait alors contre mauvaise fortune bon cœur et se montrait la plus attentionnée possible dès qu'elle éprouvait un sentiment affligeant au moment où sa fille franchissait le seuil de la maison.

Comme la veille. Avec une intensité comme elle avait rarement ressenti, une sensation de peur avait comme envahi le salon à l'arrivée de Julia, telle une nappe de brouillard qui aurait suivi l'adolescente dans l'escalier puis dans sa chambre. Elle s'était presque réjouie de voir son enfant ne pas s'attarder au rez-de-chaussée plus de quelques secondes, tant son passage avait provoqué des frissons sur son corps. Comme chaque fois, elle avait regretté presque aussitôt ce soulagement instinctif et avait gardé ses distances avec sa fille tout en se montrant disponible au besoin.

Ce matin donc, Julia avait dévalé les marches depuis sa chambre de son habituel pas léger, apportant dans l'air une quiétude contagieuse pour sa mère. C'était l'effet positif de sa petite faculté, dont elle se nourrissait dès que possible. Le bonheur de l'adolescente lui fournissait une énergie qu'elle aurait été bien incapable de décrire. Elles avaient partagé un petit déjeuner plus copieux qu'à l'accoutumée pour rattraper le repas de la veille, sans aborder ce sujet ou aucun autre. Autant ne pas apporter d'ombre négative à cette matinée bienveillante. La mère observa son enfant, plus si enfant que ça, engloutir des œufs brouillés, plusieurs morceaux de fromage, une banane et une généreuse poignée de petits gâteaux secs à la cannelle faits maison. Débordant de cannelle même, car toutes deux adoraient cette épice à tel point qu'elles en abusaient sur la quasi-totalité des pâtisseries confectionnées sous ce toit, voire lors de certains essais culinaires salés. Claudia toucha à peine à sa propre part, trop soulagée de voir sa fille se porter bien mieux.

Elle se convainquit autant que possible que le sentiment d'effroi de la veille n'avait pas été si terrible que ça, ou plutôt que son don avait dû amplifier l'état affectif de Julia. Oui, c'était sans doute ça, son enfant n'avait pas pu vivre une expérience si angoissante, c'était impossible, pas à son âge.

Elle vola un baiser lorsque l'adolescente se releva après avoir enfilé sa paire de baskets. Celle-ci lui adressa un sourire sincère au moment de franchir le seuil et referma derrière elle. La jeune femme resta quelques instants face à la porte close. En toute honnêteté, pas loin de cinq minutes s'écoulèrent avant qu'elle ne réussît à s'extirper du sentiment répandu par Julia dans l'entrée.

8

En apparence, l'adolescente marchait d'un pas décidé sur le bas-côté de la route, alors que ses pieds la guidaient en direction du centre-ville tel un pilotage automatique. Depuis qu'elle avait quitté la maison, ses pensées la préoccupaient trop pour se soucier de son chemin. Les efforts de sa mère pour lui rendre la matinée agréable avaient pourtant porté leurs fruits. Encore en proie à quelques doutes, elle était descendue elle-même de l'étage composé de sa seule chambre avec la détermination de laisser tout ça derrière elle. Le sourire et la bienveillance qui l'avaient accueillie avaient fait disparaître en un tour de main ses dernières interrogations obscures.

Le petit déjeuner s'était déroulé dans un silence plaisant. On entendait uniquement les couverts et les respirations des deux femmes dans la pièce. Sa mère avait à peine touché à son repas, mais elle avait semblé si joyeuse que la jeune fille n'avait pas osé le lui indiquer, par crainte de fissurer la quiétude de l'instant.

Mais tandis qu'elle gratifiait son parent d'un sourire franc qu'elle espérait contagieux, la pression accablante de la veille avait refait surface peu à peu, en même temps que la porte extérieure se refermait. Elle avait alors emprunté les petites rues en direction d'un café du centre-ville qu'elle aimait fréquenter. Bien que le trajet le plus rapide fût de traverser le chemin piétonnier proche de chez elle pour ensuite marcher le long d'une large l'avenue, elle préférait de loin profiter du calme offert par ce léger détour. Elle passa devant chats, oiseaux et autres insectes sans même leur adresser un regard. D'ordinaire, elle n'aurait pas hésité à s'arrêter pour prendre le temps de les observer. Certains d'entre eux, habitués au manège de la jeune fille depuis son plus jeune âge, semblaient perdus face à ce soudain revirement d'attitude.

Julia fut presque surprise de se retrouver face à la porte de l'établissement. Celle-ci était bardée d'affiches plus ou moins récentes, les placardeurs ne se souciant la plupart du temps ni de retirer les feuilles trop anciennes, ni d'éviter de recouvrir les autres. À peine un accord tacite les incitait à laisser une bande vide sur toute la longueur de la vitre afin de permettre de jeter un œil à l'intérieur du bistrot. La jeune fille ne profita pas de cette brèche et fit tinter la clochette en franchissant le seuil du café. Plus par habitude que par curiosité, quelques clients détournèrent le regard pour observer la nouvelle venue avant de vite retourner à leurs affaires : discussions parfois enflammées pour certains d'entre eux, dégustation du dessert du jour pour d'autres. La patronne, une femme d'origine hongroise aussi grande qu'elle était fine, cuisinait en effet au quotidien une pâtisserie inédite. La popularité de ses mets était telle qu'elle avait beau augmenter sans cesse la quantité produite, elle se retrouvait systématiquement en rupture de stock avant la fin de la journée. Julia ne délogeait pas à la règle. Elle en commandait sans faute une part à chacune de ses venues, juste après avoir scruté le présentoir avec la crainte réelle de le voir déjà pillé en totalité. Elle avait avancé l'idée de pouvoir les réserver à plusieurs reprises, mais on avait toujours rejeté sa proposition.

Malgré l'acharnement de son estomac à lui couper l'appétit, elle héla un serveur d'un signe de main habituel, deux petits moulinets de l'index et du majeur tendus ensemble, pour éviter toute attention particulière ou question. Le morceau de carrot cake commandé, elle se dirigea au fond de la salle et s'assit à une table dont la fenêtre donnait sur l'église. Elle aimait cette position. Ici, elle avait l'impression d'observer la vie de la ville et de voir déambuler ses habitants comme si elle se trouvait devant un poste de télévision diffusant un spectacle de télé-réalité grandeur nature. Même si elle n'accorda pas un seul regard vers l'extérieur aujourd'hui, cette place habituelle lui procura un certain réconfort à son arrivée.

Elle prit tout juste la peine d'adresser un discret « Merci » au serveur qui lui apporta sa commande avant de replonger dans ses pensées. Étrangement, elle avait toujours été plus à l'aise pour méditer entourée du joyeux brouhaha de ce lieu plutôt que chez elle. Là-bas, elle avait sans cesse l'impression d'avoir sa mère plantée derrière elle, une main posée sur son épaule en train d'écouter ses réflexions, même lorsqu'elle se trouvait dans une autre pièce.

Elle se remémora une fois encore ce qu'elle avait vu. Ou plutôt ce qu'elle avait cru voir, selon son intime conviction. Un peu comme si une pensée avait surgi de nulle part de son esprit et s'était matérialisée sous la forme d'une image trop floue. Non, cela ressemblait plus à un brouillard qui en aurait masqué certaines zones. Une fille, attachée sur un lit ou un canapé, peut-être apeurée. Julia n'en était pas tout à fait sûre, le visage était trouble, mais c'était la sensation que lui avait inspirée la vision dès que celle-ci était apparue dans sa tête. Ou alors n'était-ce que le souvenir d'un rêve, d'un cauchemar ? C'était plus plausible, bien sûr, et c'était ce dont elle s'était persuadée dans un premier temps. Mais l'annonce de la disparition d'Annie avait chamboulé ses faibles certitudes.

Comment ce songe affreux avait-il pu montrer son amie ainsi séquestrée, alors que le présumé kidnapping n'avait pas déjà eu lieu ? Ce n'était pas un sentiment de déjà-vu, elle en était convaincue. Elle avait ressassé le souvenir de ces images encore et encore, et ce n'était que le jour suivant qu'elle avait appris l'inquiétante nouvelle. Elle s'intéressa une nouvelle fois au moment où s'était déroulée cette expérience. C'était dans une ruelle pas très éloignée du centre-ville, à peine en retrait. Elle avait discuté avec un inconnu après avoir remarqué une roue dégonflée. Elle avait averti le propriétaire de la voiture et s'était contentée d'un bref échange avec lui avant de repartir assez rapidement. Bien que très poli, il semblait pressé et elle avait écourté la conversation au mieux. Ensuite, elle avait rebroussé chemin mais elle avait eu très vite envie de se retourner. C'était à cet instant exact que cela s'était produit, à la fin de sa volte-face. Plusieurs images se succédant dans sa tête. Elle avait été incapable de comprendre quoi que ce fût au départ, mais le tableau d'une inquiétante scène s'était construit peu à peu. Puis la seconde d'après, plus rien, un brutal retour à la réalité. Après quelques minutes de flottement, elle s'était convaincue d'avoir comme rêvé éveillée.

Elle s'était éclipsée au plus vite, portée par ses jambes tremblotantes. Deux intersections plus loin, à bout de souffle, elle avait laissé son corps vacillant glisser le long d'un mur. Elle était restée là, sans bouger ou presque, se contentant d'infimes mouvements de tête à gauche et à droite pour vérifier que personne ne venait à sa rencontre. Engager une conversation avec quelqu'un lui aurait paru inconcevable, qui plus était pour expliquer son apparente confusion. Elle avait alors attendu, le temps de retrouver un semblant de calme. Au moment de partir, elle pensait avoir patienté pendant cinq ou six minutes, mais elle s'était en fait levée près de trente minutes plus tard. Elle était rentrée chez elle par le plus court chemin possible. Jamais celui-ci ne lui semblerait si interminable, si éprouvant.

9

Le vieux 4x4 se gara sur une des deux places disponibles du parking longeant la façade ouest de l'église. Le véhicule venait de parcourir par trois fois ce quartier et le conducteur espérait qu'aucun citadin un brin observateur n'avait remarqué son manège. En fin de compte, il se dit qu'un étranger pouvait très bien enchaîner les allées et venues pour chercher son chemin ou un magasin quelconque. N'ayant pas détecté la voiture banalisée de la police lors de son repérage approfondi, il pouvait à présent en profiter pour passer un peu de temps au centre-ville, dans l'espoir d'y glaner quelques informations. Il avait choisi de se rendre dans un café, lieu propice pour espérer capter une conversation intéressante ou pourquoi pas entamer une discussion avec un inconnu sans paraître trop suspect. Au vu de la taille limitée de l'agglomération, les nouvelles devaient vite faire le tour de la ville, les habitués du coin feraient assurément partie des premiers au courant. Et avec un peu de chance, ils se montreraient assez bavards pour les partager, même avec lui. De toute façon, il n'avait pas d'autre option en vue en dehors de cette tentative d'écoute hasardeuse et sans doute un poil naïve. Ni la maigre page consacrée à la disparition dans le journal local ni les quelques articles glanés sur le Net ne faisaient mention de l'avancée de l'enquête. Franck savait par expérience que ce n'était pas par cette voie qu'il pourrait apprendre où ils en étaient.

La chance semblait lui sourire. Sans être bondé, le lieu était tout sauf désertique et l'homme s'installa à l'une des dernières places libres du comptoir, dans le coin. Assez proche pour comprendre ce qui se disait, assez loin pour ne pas trop attirer l'attention, le compromis lui parut parfait.

Il commanda un sandwich et fit mine de lire le journal tout en écoutant les conversations alentour. Ses voisins de bar, pas très causants aujourd'hui, vaquaient à leurs occupations tout en mangeant en silence. Autour, il n'entendait que quelques banalités inutiles. Pour le coup, il avait peut-être été un peu trop présomptueux.

Il regarda encore une fois le serveur. Décidément, il en mettait du temps pour lui apporter un simple casse-croûte. Il avait opté pour un sandwich disponible sur le présentoir, justement pour être servi au plus vite et pouvoir partir sans attendre au besoin. Il n'avait pas jeté un seul coup d'œil aux desserts, trop écœurants pour lui à cette heure matinale. Il adressa un petit signe amical au garçon lorsque celui-ci tourna la tête de son côté.

« Désolé pour l'attente, monsieur, entama une voix féminine. Grégory s'occupait d'une commande pour une grande table, il aurait dû prendre le temps de vous servir avant d'en finir avec eux. »

Franck leva les yeux. Une femme blonde le considérait en silence. Il se sentait dévisagé, mais plus que son sourire, son regard laissait apparaître une sincère mansuétude.

« Pas de problème, madame, je ne suis pas si pressé que ça. Je vous remercie.

— Oh, vous ne devriez pas vous attarder sur ce genre d'histoire, vous savez. On espère tous ici qu'il s'agit d'une simple fugue. »

Elle pointait du doigt le journal, sciemment posé sur le comptoir et ouvert sur la section dédiée à la disparition de la jeune fille. Franck sauta sur l'occasion.

« Vous en êtes certain ? Ce n'est pas ce que dit l'article.

— Il ne faut pas croire tout ce qui est écrit. Laissez-moi voir, répliqua-t-elle en s'emparant d'un geste rapide du papier sans attendre une réponse de son client. Oui, voilà ! » Elle frappa le bas de la page de deux revers de la main. « C'est signé Kevin Rizza. Il en rajoute toujours pour faire parler. La police a l'habitude de ses divagations et elle n'apprécie pas trop ça, autant vous dire qu'elle ne doit pas trop se confier à lui. Tu n'es pas d'accord avec moi, Jean-Paul ? »

L'homme assis à la droite de Franck regarda dans leur

direction, un brin pensif. Il ne prit pas la peine d'emprunter le journal, son propre exemplaire se trouvait sur le bar, sous sa sacoche.

« Oui et non, Agota. Personne au poste n'irait renseigner Kevin plus que nécessaire, j'en conviens. Voyez-vous, mon cher, plus que de mentir, notre petit reporter local aime broder, et malheureusement pour nous, pas avec un crochet. Il extrapole avec un peu trop de facilité les informations qu'il récolte et c'est à nous que revient la tâche de démêler ce qui est vrai, plausible et imaginaire. Remarquez, ça occupe brièvement mes journées depuis que je ne travaille plus. »

L'homme se tut quelques instants. Sa voix rauque était posée, un brin catégorique. Il reprit.

« Par contre, là où je ne te rejoins pas, ma chère, c'est sur l'affaire en elle-même. Il ne s'agit ni d'une fugue ni d'un accident. Les preuves sont évidentes, pour le malheur de la petite Annie. »

Franck tressaillit à l'évocation de preuves mais garda son calme apparent.

« Il y a donc des indices ? Heureusement que Kevin n'est pas derrière toi, il en aurait inventé une demi-dizaine rien qu'en t'entendant, railla son interlocutrice d'un large sourire. Votre voisin de comptoir est l'ancien chef de la police, vous comprendrez par conséquent qu'il a encore ses sources sur tout ce qui se passe dans notre ville, et directement depuis le poste ! »

Un vieux flic. Assis juste à côté de lui. Pas grand-chose de pire n'aurait pu survenir. Avait-il repéré sa fausse barbe ? Se méfiait-il de son accoutrement ? Suspectait-il tout étranger qui arrivait dans l'agglomération ? L'avait-il vu tourner avec sa voiture autour du café avant de venir ? Perdu pour perdu, autant faire mine de participer innocemment à la conversation, ce serait toujours moins louche que de s'esquiver.

« Les enquêteurs ont déjà des pistes ? C'est plutôt une bonne nouvelle, non ?

— Oui mon cher, euh... ?

— Paul, Paul Baronier.

— Enchanté Paul. Jean-Paul Millar, ça nous fait un premier point commun. Eh bien, je ne peux pas entrer dans les détails, vous le comprenez bien, je ne connais de toute façon pas tout moi-même. Je suis à la retraite, et quoique certains en pensent, n'est-ce pas Agota, on ne me dit pas tout. Encore moins ici, car les inspecteurs chargés de cette affaire ne seront pas du coin. Ce que je peux vous dire, c'est que ça ne ressemble pas à une vulgaire fugue, ou alors c'était complètement improvisé. Il ne manquait rien chez elle, selon ses parents. Elle n'a même pas emporté son sac à dos, ou son portefeuille. Non, elle a dû faire une mauvaise rencontre, et il faut juste espérer la retrouver au plus vite à présent. »

Le retraité regarda sa tasse, touilla une énième fois son café avant de le finir d'un seul trait.

Franck hésita. Était-ce raisonnable de sa part de demander si la police tenait une piste sur l'identité du coupable ? Il avait peur de trop insister, son voisin semblait analyser chaque geste, chaque mot. Peut-être était-ce la casquette d'ancien flic qui continuait de lui coller à la peau, mais pas seulement. Lui, un nouveau venu en ville, pouvait vite être suspecté. Cela compliquerait tout.

« Et vous, mon garçon, que nous vaut l'honneur de votre présence dans notre modeste commune ? Un amateur de pêche peut-être. Le coin est plutôt réputé pour sa faune aquatique, encore faut-il connaître les zones les plus florissantes. J'ai du temps libre pour vous montrer un ou deux lieux intéressants, si vous le voulez ?

— Hum, non merci, je ne pêche pas, répondit Franck après un court moment d'hésitation qu'il n'espéra pas équivoque. Je me suis arrêté pour quelques jours, pour visiter les environs, voilà tout. »

Il avait failli accepter la proposition, sans réfléchir, pour ne pas attirer l'attention sur sa présence ici. Il aurait eu l'air malin, sans aucun équipement dans ces bagages, et surtout dépourvu de la moindre connaissance sur le sujet. À peine avait-il accompagné quelques camarades pendant sa jeunesse, sans jamais prendre la peine d'amener une canne à pêche avec lui.

« Bon, mes amis, veuillez m'excuser, mais je vais devoir vous laisser. Ravi de vous avoir rencontré, Paul, et peut-être à bientôt. En tout cas, je vous souhaite une excellente visite de notre région. » Il lui offrit une poignée de main vigoureuse en se levant et fit un léger signe en direction du comptoir avant de récupérer ses affaires.

« Agota, c'est toujours un plaisir.

— Plaisir partagé, bonne journée Jean-Paul. »

Franck regarda l'ancien flic se diriger vers la porte. Celui-ci s'arrêta à l'une des dernières tables avant la sortie, visiblement apostrophé par un petit groupe de clients. Il tourna la tête dans sa direction, parla quelques instants aux gens installés et finit par quitter les lieux. Oui, les nouvelles pouvaient se répandre assez vite en ville, en témoignaient les quatre hommes qui l'avaient dévisagé pendant leur brève discussion.

« Alors Paul, un petit café ? J'ai du bon thé aussi, et pas ces saloperies en sachet. Tenez, je me fais livrer un Lady Grey, vous m'en direz des nouvelles.

— Non merci, c'est gentil, je vais devoir m'en aller moi aussi. Merci pour le sandwich, je le finirai en chemin. »

Il s'efforça d'échanger encore quelques banalités avec la gérante décidément bien loquace avant de prendre congé à son tour. Certes, il n'avait pas appris grand-chose, mais il avait obtenu un nom qui pourrait peut-être lui servir dans le futur, Kevin Rizza. Occupé par ses pensées, il ne repéra pas le moins du monde la personne qui sortit du café à sa suite et qui lui emboîta le pas à une certaine distance.

10

La porte refermée derrière elle, Julia resta figée un instant. Même si elle avait attendu quelques secondes avant d'entamer sa filature, elle s'était bien trop précipitée. Elle n'avait pas anticipé le moins du monde l'absence potentielle de la moindre cachette une fois arrivée sur le trottoir. Plusieurs mètres avaient beau les séparer, l'homme ne pourrait que la remarquer s'il décidait de se retourner à présent.

Elle ne s'imaginait pas s'accroupir derrière une voiture garée le long de la route, pas peur de paraître trop bizarre aux yeux des passants qui la connaîtraient peut-être, elle ou sa mère. Quelle sotte de s'être hâtée de la sorte, et qu'espérait-elle après tout ? Se cacher d'arbre en arbre jusqu'à s'approcher de lui en escomptant une nouvelle vision ? Qu'il était absurde d'avoir agi sur un tel coup de tête ! Elle n'avait pas hésité une seconde en le voyant se lever de son tabouret et quitter la pièce, trop prise par ses profondes cogitations pour se rendre compte de la folie de son acte.

Elle avait perçu l'arrivée de l'homme dans le restaurant comme un signe, tandis que ces propres pensées visitaient une période toute voisine de leur rencontre. L'hypothèse était apparue telle une évidence. Était-il la cause de sa récente hallucination ? Et pire encore, avait-il un lien avec le rapt d'Annie ? Elle s'était alors torturé l'esprit pour se souvenir de l'exact enchaînement entre la fin de leur discussion et sa vision, pour au final créer inconsciemment une corrélation de plus en plus indubitable entre les deux. Elle pensait qu'il avait joué le rôle d'élément déclencheur, comme le bouton d'un appareil photo qui aurait démarré la scène dans sa tête. Oui, voilà l'explication, comment un tel phénomène aurait-il pu survenir sans intervention extérieure de toute manière ? Jamais un événement de ce type ne lui était arrivé de toute sa vie, de près ou de loin. Il existait manifestement un lien avec ce Paul, et avec toute cette affaire. Peut-être serait-elle à même de reproduire cette étrange expérience, si elle parvenait à réunir les mêmes conditions. Cela lui permettrait de valider sa théorie. Sa réflexion avait continué d'abonder dans ce sens lorsqu'elle l'avait vu se lever. Guidée par son improbable raisonnement, elle n'avait aucunement songé à une quelconque tactique avant de le suivre au-dehors.

Sans trop savoir où tout cela la mènerait, elle marchait à petits pas derrière lui. Elle hésitait à faire simplement demi-tour. Elle n'avait rien à regretter, il ne s'agissait que d'une rencontre fortuite après tout. Son corps bascula tout à coup vers l'avant. Le déséquilibre était trop grand pour espérer ne pas tomber et elle se trouvait au beau milieu du trottoir, trop loin d'une voiture ou de la devanture d'un immeuble où s'accrocher. Elle ne chancela même pas et ne put que tendre les bras pour se protéger un tant soit peu.

« Aaaah ! »

En dépit de sa faible allure, le choc avait été rude et elle n'avait pu réprimer un cri. Une douleur aiguë surgit au niveau de ses mains et de ses genoux. Le coupable se tenait juste là, à côté de son pied droit. Elle avait trébuché sur une vulgaire plaque d'égout. Quelqu'un l'avait déplacée de son emplacement et sa propre étourderie avait fait le reste. Elle prêta à peine attention au bruit de pas de course qui se rapprochaient.

« Ça va, mademoiselle, rien de cassé ? »

Franck posa sa main sur l'épaule de la jeune fille. Il préféra la retirer assez vite, par peur de l'effrayer par ce simple contact.

« Non non, merci monsieur. »

Julia n'avait pas pris la peine de lever les yeux vers son interlocuteur pour répondre, l'identité de celui-ci ne faisait guère de doute. Elle força un sourire un brin crispé, qui pouvait tout aussi bien s'expliquer par sa chute que par leur rencontre, puis redressa la tête. Elle croisa le regard de Paul.

« Tiens, mais je vous connais, vous. Vous allez bien ? Remarquez, c'est plutôt drôle que ce soit moi qui dise ça, vu la situation je veux dire, non ? J'espère que vous ne me suivez pas, hein ?

— Mais non, enfin, répondit Franck, quelque peu désarçonné par ces retrouvailles inopinées. Je ne vous avais pas aperçue dans la rue, ni même reconnue avant de voir votre visage. »

La jeune fille le trouva sincère. Prendre les rênes de la conversation avait porté ses fruits, semblait-il. Il ne la soupçonnerait pas le moins du monde de l'avoir épié à présent.

« Vous êtes sûr d'aller bien, enchaîna-t-il, vous tremblez. Donnez-moi votre main, que je vous aide à vous relever. »

Il tendit le bras en avant mais arrêta son geste à mi-parcours. Tout à coup, la peau de Julia avait pris une teinte blême. Son habituel sourire affable, qui paraissait inaltérable depuis leur première rencontre, avait disparu, cédant sa place à une mine décontenancée. Ou de la peur ? Franck se ressaisit. Son imagination lui jouait des tours une nouvelle fois. Ce n'était que le choc de la chute qui troublait la jeune fille, rien de plus. Celle-ci examina tour à tour la main présentée à elle et son visage. Elle semblait perdue.

« Vous voulez que j'aille chercher quelqu'un au café, vous connaissez peut-être du monde à l'intérieur ? » proposa-t-il pour la rassurer.

Même en le regardant, elle avait l'air d'avoir les yeux dans le vague, comme envahie d'un état de torpeur.

« Non merci, ça va mieux. » finit-elle par répondre. Elle attrapa la main toujours suspendue dans sa direction et se redressa. Elle se retint autant que possible de grimacer de douleur devant Paul. Elle s'était sans doute ouvert le genou. À présent, elle voulait juste s'éclipser sans attendre, car elle ignorait pendant combien de minutes elle parviendrait à se maintenir sur ses jambes face à lui. Elle se frotta les mains énergiquement afin de faire disparaître les traces de macadam et de gravillons.

« Merci beaucoup de m'avoir aidé, je vais rentrer chez moi au plus vite. Au revoir monsieur.

— Oui, au revoir, fais attention », eut-il tout juste le temps de lui dire avant de la voir lui fausser compagnie.

Elle s'éclipsa rapidement dans une ruelle attenante. Plus encore que son départ, sa perte soudaine de loquacité troubla Franck. Qu'avait-il bien pu lui dire pour la mettre dans cet état ? Incapable de se rappeler une phrase prononcée qui aurait été à même de la perturber, il regarda autour de lui. Personne ne semblait les avoir observés. Sans gaspiller davantage de temps, il traversa la route pour rejoindre son véhicule.

11

Julia changea par deux fois de rue avant de s'autoriser à s'arrêter. S'il venait à sa rencontre, il ne pourrait invoquer une coïncidence. Mais pour quel motif agirait-il ainsi ? Cela n'avait pas de sens, elle s'inquiétait pour rien, tentait-elle de se persuader du mieux possible. Elle se sentit soudain bête, plantée là sur le trottoir. Plus que tout, elle voulait éviter d'attirer l'attention. Elle renonça à l'idée de faire semblant d'utiliser son téléphone, une telle pantomime lui paraissait trop ridicule. Elle décida de rejoindre une petite place située non loin. Trois minutes plus tard, elle se laissa glisser sur un banc.

Elle ne pouvait plus se chercher d'excuses à présent. Elle disposait de la plus grande latitude pour réfléchir aux images projetées dans sa tête un peu plus tôt. Malgré leur contenu, elle savait au plus profond d'elle-même qu'elle ne voulait pas les oublier. Le pourrait-elle seulement ? Cela avait commencé par un visage d'enfant emmailloté dans un brouillard dense. Il lui faisait face. Androgyne au premier abord, tant ses traits avaient l'air de sortir d'une simple esquisse pour ne dévoiler ensuite qu'une expression d'angoisse manifeste, il avait semblé s'adresser à elle de ses yeux remplis d'effroi. Elle aurait tout tenté pour détourner la vue devant cette supplication, mais c'était impossible. Cette situation n'était pas plus réelle que tangible, comme dans un rêve, un cauchemar.

Petit à petit, sa physionomie s'était précisée. Un garçon, sans doute plus jeune qu'elle, la sondait de ses yeux fixes. Même en sachant qu'il ne la regardait pas vraiment, l'impression d'être scrutée de la sorte avait été trop dérangeante pour Julia. Aucun mouvement du visage, de clignement des paupières pour perturber leur contact visuel. Peut-être s'agissait-il ici de la simple image d'une scène gravée dans son esprit, et non d'une vision animée plus complexe comme la première fois ? Tout était trop nouveau pour elle pour tirer un quelconque paradigme de ce phénomène. Le sombre voile l'entourant avait cessé d'être aussi dense pour laisser entrapercevoir quelques détails. En réalité, il avait commencé à se désépaissir dès le départ, mais l'effet était si ténu que la jeune fille ne s'en était pas rendu compte tout de suite. En fin de compte, le garçon était allongé sur un tapis de feuilles mortes, à même le sol. Quelques-unes d'entre elles frissonnaient, sans doute sous l'action d'une brise douce et intermittente. La plupart de ses cheveux étaient plaqués sur son front, peut-être mouillés par la pluie ou la sueur, tandis que d'autres se berçaient sous le faible zéphyr. L'adolescent, il ne ressemblait plus à un petit garçon à présent, conservait son regard fixe, dont le blanc des yeux semblait contenir une légère teinte bleue. L'inéluctable évidence s'était peu à peu imposée à elle dans son subconscient. À l'instant où elle s'en était persuadée, la vision avait été nappée d'un voile masquant tout détail à la jeune fille. Puis plus rien.

Un flash tamisé avait accueilli son retour à la réalité. Ce n'était en fait que la simple lumière du jour qui contrastait avec le nouveau cauchemar dont elle avait été victime. Le temps de se remettre d'aplomb, elle avait présenté un regard hagard à Paul. Aucun doute ne subsistait sur le lien entre ces hallucinations et l'homme qui lui tendait la main. Son sourire ne lui avait alors plus semblé si authentique. Par la suite, elle avait fait son possible pour éviter de perdre pied et lui révéler ses suspicions. Consciente de sa maladresse, elle avait bredouillé une excuse à peu près crédible avant de le quitter. À présent, elle avait l'impression d'avoir eu un comportement au mieux gauche, au pire suspect. Elle n'avait plus qu'à espérer qu'il mettrait ça sur le compte de la jeunesse. Et après tout, ils ne se connaissaient pas, se montrer mal à l'aise avec lui n'était peut-être pas si dérangeant.

S'il était trop tard pour revenir sur cette malencontreuse

rencontre, elle pouvait essayer de comprendre. Qu'est-ce que cela signifiait ? Allait-elle apprendre demain matin qu'une nouvelle disparition avait eu lieu ? Et ce Paul dans tout ça ? Elle ne pouvait dissocier l'étranger de ces apparitions parapsychiques et devait céder à cette supposition irrécusable. Était-il le coupable ? Il s'agissait de la conclusion la plus évidente, mais était-ce si simple ? Après tout, elle-même n'était liée à aucune de ces affaires. La présence de cet homme jouait peut-être le rôle de catalyseur de ses visions, ce qui expliquait pourquoi ce phénomène n'était encore jamais survenu au cours de sa vie. Tout était trop étrange, trop intangible pour le comprendre et l'analyser. Si cela s'était produit avec un ami ou un membre de sa famille, elle aurait eu tout le loisir d'essayer de reproduire ces hallucinations, et pourquoi pas de les maîtriser.

Une ombre masqua le soleil dans son dos. Un nuage ? Son sang ne fit qu'un tour. Elle se retourna, abasourdie et démunie de toute force. Il ne s'agissait en tout et pour tout que d'un couple de personnes âgées. Pas déstabilisés le moins du monde par sa vive volte-face, ils accueillirent sa mine interdite avec des sourires bienveillants avant de continuer leur chemin. Elle les regarda s'éloigner jusqu'à disparaître de son champ de vision. Leur apparition soudaine détonnait tellement dans cette atmosphère, un fantôme n'aurait pas fait pire. Non, si un fantôme se trouvait dans les parages, c'était bien elle. Les deux passants avaient dû la prendre pour une paumée, peut-être même une junkie. La honte qu'elle ressentait eut l'effet bénéfique de lui redonner un peu de contenance. Débarrassée de son hébétude, elle n'avait plus de raison de rester ici. Certaine à présent que sa mère ne remarquerait rien, elle se leva pour rentrer chez elle, sans même prendre soin de vérifier que personne ne l'observât ou ne la suivît.

12

« Hé, tout doux, tu veux ! »

Le véhicule avait franchi la bordure de la place de parking avec un peu trop d'entrain au goût de sa passagère. Heureusement pour son chemisier, le gobelet dans sa main ne contenait plus que quelques gouttes de café au moment de la secousse. Comme si son langage ne suffisait pas, la conduite de Jack Bellino elle-même dénotait son caractère bourru en toute circonstance. Il ne s'essaya pas à sourire, encore moins à regarder sa coéquipière pour jauger sa réaction à cette petite vengeance aussi puérile que bénigne. Celle-ci entrait dans le cadre de cette sorte de ping-pong sur lequel s'était établie leur relation de travail. Le précédent coup ? Une remarque un poil trop sèche de Malya Barissa à son égard au moment de leur départ de la maison Roussel. Si on pouvait légitimement se demander en les écoutant si cette apparente antipathie mutuelle ne constituait pas un frein dans la bonne conduite de leurs enquêtes, il n'en était rien. Ces joutes verbales et comportementales apportaient au contraire un certain équilibre face aux épreuves qu'ils étaient amenés à rencontrer lors de leurs investigations.

Malya sortit de la voiture alors que son collègue retirait à peine la clé de contact. Elle se dirigea vers l'entrée du commissariat et disparut à l'intérieur du bâtiment sans attendre. Le sourire aux lèvres, Jack prit le temps de s'étirer avant de la suivre. Le calme ambiant de la ville s'étendait décidément partout, pensa-t-il en traversant l'accueil. Il avait même réussi à se faufiler jusqu'ici, lieu pourtant propre à l'agitation perpétuelle. Rien à voir avec le brouhaha habituel des grandes agglomérations, où le travail les conduisait le plus souvent. L'absence de toute tension dans l'air l'aurait presque empêché de se concentrer sur l'affaire, si celle-ci n'était pas si grave. La probabilité déjà faible de retrouver la fille indemne s'amenuisait d'heure en heure, c'était un compte à rebours dont le temps restant demeurait inconnu.

Il traversa un long couloir aux couleurs si ternes qu'elles ne ressemblaient plus qu'à une succession de dégradés de gris. Il ne manqua pas de saluer aux passages toutes les personnes qu'il croisait. Ils occupaient à temps plein la principale salle de réunion et il savait d'expérience que leur présence pouvait vite devenir dérangeante, car trop envahissante. Autant arrondir les angles et se montrer sympathique, sans compter que le caractère déjà bien trempé de sa partenaire pouvait en peu de temps s'apparenter à de l'autorité despotique. Il s'apprêtait à fermer la porte vitrée quand une main la retint.

« Vous voulez me claquer la porte aux nez, enquêteur ? »

D'une révérence exagérée, Jack laissa entrer le commissaire Patrick Rika avant de fermer la porte.

« Tu ne pourrais pas baisser les stores, Jack ? »

Il s'abstint d'obéir à sa partenaire, moins par l'idée savoureuse d'un nouveau duel avec elle que par la volonté de ne pas froisser ses collègues locaux. Il prit place à l'autre bout de la table.

« Bon, ce n'est pas grave, passons. Commissaire, nous revenons du Lycée des Corneilles. Nous n'avons pas appris grand-chose de la part de la direction et des enseignants. Aucun harcèlement connu de leur part, aucun conflit avec ses camarades. Nous avons récupéré la liste de ses amis supposés, ils pourraient être au courant de choses qui n'auraient pas été remarquées ou qui se seraient passées en dehors de l'école. Les enfants ne sont pas toujours loquaces à cet âge, ça ne donnera peut-être pas de résultats. De votre côté, vos troupes devaient relever les infractions constatées récemment.

— Pas grand-chose à se mettre sous la dent. Aucun délit suspect pour lequel le coupable n'aurait pas déjà été trouvé, ni ici ni dans les alentours.

— Ont-ils fait le tour des squats ? Sinon, fournissez-moi la liste et je m'en charge, proposa Jack.

— Nous n'avons pas de squats à proprement parler ici. C'est une petite ville. Mais on ne vous a pas attendus pour visiter les maisons inoccupées où quelques jeunes ont l'habitude de traîner, sans succès. Nos collègues des communes voisines font de même.

— Bien bien, si l'on peut dire. Aucun inconnu non plus n'aurait été aperçu dans les parages durant les jours ou les semaines précédant la disparition ?

— Vous savez, il y a toujours des allées et venues, comme partout. On ne nous a signalé aucune présence équivoque dans les établissements publics que nous avons pu interroger. Par contre, mon prédécesseur m'a fait part d'une rencontre ce matin, au café du centre-ville, vous voyez duquel je parle ?

— Oui oui, continuez.

— Et bien, il a discuté par hasard avec un homme en voyage et il m'a dit qu'il serait peut-être intéressant de le surveiller ou de le questionner.

— D'accord, il nous faudrait son signalement, voire son identité. Qu'avait-il de suspect ?

— Jean-Paul, c'est le nom de l'ancien commissaire, n'a pas mentionné un comportement douteux, juste d'une intuition après avoir bavardé avec lui.

— Entendu, nous pourrons toujours nous renseigner, mais nous n'avons pas tout le loisir de nous pencher sur les « intuitions » au détriment des pistes, disons, plus crédibles. Jack, prends les informations utiles et récupère aussi la liste des hôtels. Rejoins-moi ensuite dehors, j'ai un coup de fil à passer.

— Un petit café avec ça ? Bon, commissaire, laissez-moi le temps de sortir un stylo et finissons cette discussion plus tranquillement. »

13

Assis sur un canapé beaucoup trop mou à son goût, Franck ressassait sa récente rencontre. Que s'était-il passé avec cette enfant ? Avait-il eu l'air si peu sincère à ses yeux pour qu'elle le regardât de cet air à la limite de l'horreur ? Il n'avait pourtant pas eu besoin de se forcer à paraître cordial pour une fois. Ou peut-être que sa perte de jovialité était en fait due à tout autre chose. Impossible à savoir, mais à présent, elle serait capable de le reconnaître sans problème, peut-être même sans la présence de l'un de ses éléments de travestissement. Il ne manquerait plus que de la croiser à l'entrée de son logement et on ne serait pas loin de la catastrophe.

Il s'agissait d'une modeste maison sur trois niveaux qui avait l'avantage de posséder un garage en sous-sol, parfait pour dissimuler sa voiture. Elle respectait surtout deux critères essentiels pour Franck. Tout d'abord, sa localisation devait se situer un peu à l'écart, sans vis-à-vis. L'habitation était idéale de ce point de vue, en ce sens qu'on devait emprunter un petit chemin courbe long d'une cinquantaine de mètres avant d'y accéder. La seconde contrainte était de nature humaine. Les propriétaires de la maison ne devaient pas avoir l'air trop curieux ou trop bavards. Par précaution, Franck avait déjà annulé deux locations potentielles pour cette raison. Même s'il ne pouvait s'assurer à cent pour cent de la bienséance de son bailleur, celui-ci avait paru soit peu intéressé, soit suffisamment poli pour en rester aux questions d'usage sans imposer la moindre indiscrétion. De sorte qu'il n'y avait guère de risque de voir sa présence ébruitée de ce côté.

Franck bâilla. En dépit des cernes de fatigue semblant séquestrer ses yeux à la suite des nombreuses nuits trop courtes et trop agitées, il se leva. Il avait encore une chose à faire avant ce soir. Au moment d'attraper ses clés, il prit la résolution de changer de voiture. L'idée lui trottait dans la tête depuis un petit moment, mais il hésitait jusqu'à maintenant. Ce remplacement pourrait paraître suspect si quelqu'un le remarquait et pourrait même attirer davantage l'attention sur lui. D'un autre côté, il passerait plus inaperçu aux yeux de ceux l'ayant déjà vu au volant du véhicule, à commencer par la jeune fille.

Il aurait tout le temps de s'occuper de ça en matinée. Il était inutile, voire même dangereux, d'essayer de prendre sa cible en filature en pleine journée. Invariablement, il devait se contenter d'attendre les fins d'après-midi pour espérer trouver enfin un moment propice pour mettre son plan en action. Il traversa le salon habillé d'une tapisserie à motifs rouges démodée mais en état plus que correct pour rejoindre le hall d'entrée. Hormis l'escalier qui menait aux pièces du haut et à la salle de bain, deux portes se tenaient côte à côte, l'une conduisant au garage, l'autre à la cave aménagée en troisième chambre. Il ouvrit la première après avoir attrapé son sac à dos et descendit.

14

Pour la seconde fois en peu de temps, Julia se trouvait sur son lit face à ce souvenir glaçant. Vision ? Rêve éveillé ? Folie ? Aucune explication n'était à exclure à présent, elle accueillerait n'importe quel éclaircissement sur ces événements, sans quoi elle craignait de perdre les pédales dès la prochaine hallucination. Pour son malheur, elle n'avait plus trop de doutes sur la survenue future de sa faculté à « voir » des choses, que celle-ci prît sa source dans une sorte de compétence surnaturelle ou dans un début de démence. À défaut de trouver un comportement susceptible de s'en prémunir, elle devait comprendre. La théorie la plus indubitable, celle qui viendrait à l'esprit de n'importe qui, était la culpabilité de Paul. Mais d'autres thèses plausibles pouvaient expliquer ce lien, comme l'éventualité que cet homme possédât une forte énergie psychique capable de déclencher son pouvoir. Ou alors ce n'était qu'une coïncidence et son hypothétique prochaine vision se déroulerait sans sa présence.

De toute manière, que pouvait-elle entreprendre à son niveau ? Elle ne se voyait pas prévenir les autorités, leur lancer tout de go avoir été en proie à quelques rêveries, desquelles elle avait tiré une présomption contre un inconnu dans la rue. Elle n'avait ni l'aplomb ni l'audace de tenter pareille approche, elle passerait à coup sûr pour une sotte. Une cinglée même. Restait l'option de suivre l'individu, seule. Impensable, la flagrante dangerosité d'une telle entreprise la paralysait d'avance. Elle aurait eu dix ans de plus qu'elle n'aurait sans doute pas eu plus de courage. Elle regretta de ne pas lui avoir demandé son nom de famille.

Banale question lors de leur première rencontre, l'interroger à ce sujet paraîtrait à présent étrange s'ils étaient amenés à se recroiser. Avec ce renseignement, elle aurait pu rechercher des informations sur internet ou se contenter d'envoyer une lettre anonyme à la police afin de les inciter à suivre cette piste.

Si ce sujet semblait inabordable pour la jeune fille, elle pouvait a contrario se pencher sur la deuxième chose qui occupait son esprit. Elle attrapa son téléphone, abandonné comme rarement sur sa table de chevet, en réalité une simple boîte de carton. Julia s'obstinait à refuser les propositions de sa mère d'acheter un vrai meuble à cet effet, car elle n'en voyait pas l'utilité. Au contraire, cette solution présentait l'avantage de pouvoir changer sa taille au gré de ses envies. Elle pianota quelques mots-clés et examina les premiers résultats de sa recherche. Les premiers liens se rapportaient à des films de science-fiction ou à des comics. Elle tomba même sur une page web consacrée à la bible. Pas vraiment ce qu'escomptait l'adolescente à la base, mais pas si surprenant que ça en définitive. Elle remplaça l'expression « pouvoir de vision » par « avoir des visions », puis « avoir des hallucinations » et d'autres variantes encore. Plusieurs sites faisaient référence à diverses pathologies psychiatriques peu enviables. Elle les parcourut à contrecœur et sentit son estomac se nouer au fur et à mesure des lignes survolées. Elle était si anxieuse qu'elle ne prit guère en compte l'information selon laquelle les délires visuels étaient rarement dus à des maladies psychiatriques, mais plus souvent à l'absorption de drogues hallucinogènes quelconques ou à une intoxication.

Au milieu de ses pérégrinations virtuelles, elle tomba sur un site listant des capacités psychiques. Elle commença par une courte lecture sur la médiumnité, faculté de détecter la présence d'esprits, qu'elle estima en définitive être trop éloignée de sa propre expérience pour l'explorer davantage. Après avoir épluché un peu moins de la moitié de l'inventaire contenu dans la page, elle s'arrêta sur un élément plus intéressant que les autres, le pouvoir de prémonition.

Le pouvoir de Prémonition se manifeste par l'aptitude du sujet à percevoir des informations sur divers événements.

Ceux-ci peuvent provenir du passé, du présent ou du futur.

Ainsi avait-on rédigé le résumé de ce chapitre. Pour Julia, cela collait parfaitement. Une curiosité à la limite de la frénésie mêlée à une crainte plus cartésienne s'empara d'elle. Elle appuya pour ouvrir le lien et attendit le chargement de la page. Elle lut une première fois l'ensemble de l'article en diagonale. On pouvait discerner trois types de prémonitions, la rétrocognition, la préconnaissance et la clairvoyance, correspondant aux trois différents espaces de temps d'où elles pouvaient provenir. Julia pouvait espérer que sa première vision avait exposé le présent, ce qui signifiait qu'Annie était toujours en vie. Quant à la seconde, aucune certitude ne pouvait filtrer des souvenirs qu'elle en avait gardé. Elle n'avait pas reconnu le garçon, et aucun élément de la scène ne lui avait fourni la moindre information sur le sujet. Peut-être les nombreuses feuilles mortes autour du corps, encore que l'on pouvait trouver des zones de ce genre en toute période de l'année dans certains bois. Supposant un instant d'avoir fait face à un sombre aperçu de l'avenir, la frustration s'empara de la jeune fille, consciente qu'elle ne pourrait pas faire grand-chose pour venir en aide à l'adolescent. Du moins tant qu'elle ne le rencontrerait pas.

Chassant autant que possible ses idées de son esprit, elle consulta en détail cette fois l'ensemble du texte affiché. Elle entrait dans un domaine totalement nouveau pour elle, rempli d'explications sibyllines qui malgré tout faisaient directement sens à ses yeux. Quelques jours auparavant, elle aurait pu sourire à la lecture de ce qui pouvait ressembler de prime abord à un catalogue de pouvoirs glanés dans des romans et films fantastiques, mais plus à présent. Tellement de choses concordaient avec ses récentes expériences. Elle se concentra sur la partie développant plus en détail le déclenchement de cette faculté. S'il ressortait de ce chapitre que les possesseurs aguerris de ce don avaient la capacité de les provoquer par leur simple volonté, deux autres stimuli pouvaient intervenir dans leurs apparitions. La première était de toucher un objet ou une personne afin de créer une prémonition les concernant. La seconde était de se trouver dans une zone où l'énergie psychique était dense. Au départ, ces visions survenaient sans crier gare et le rédacteur du site prévenait que le choc émotionnel des premiers épisodes pouvait être difficile à supporter pour les néophytes. Avec le temps, certains médiums parvenaient à maîtriser leur pouvoir. Ils étaient alors en mesure de le déclencher en choisissant eux-mêmes un objet à toucher ou en se concentrant en un lieu donné.

En conclusion de cette partie, on avertissait le lecteur avec insistance sur l'énergie requise à cette pratique et sur la dangerosité de recourir à ce don à une fréquence trop élevée. Tant que les visions surgissaient d'elles-mêmes, le problème ne se posait pas, les fatigues physiques et psychiques de l'utilisateur bloquaient spontanément sa faculté durant tout le temps nécessaire à sa récupération. Ce n'était pas aussi simple une fois que l'on avait acquis une haute dextérité mentale. On était dès lors en mesure d'user de son talent de son propre chef, avec le risque de manquer de clairvoyance pour soi-même. Malgré les douleurs endurées, il fallait une grande opiniâtreté pour résister à la tentation. Pratiquer la prémonition sans parcimonie pouvait alors avoir des conséquences vitales plus que fâcheuses. Dans de rares cas, cela pouvait même aboutir à la perte pure et simple de toute aptitude paranormale.

Julia respira la bouche grande ouverte, comme si elle était restée en apnée depuis le début de la lecture de la page. Enfin, elle pouvait éclaircir certaines zones d'ombre des récents événements subis. Elle avait encore du mal à croire à la véracité de l'intégralité du texte, tant le tout semblait sortie de contes et légendes, mais elle se dit qu'on trouvait toujours une part de vérité dans les mensonges. Elle chercha d'autres sites et lut d'un œil avide tous ceux qui traitaient de ce thème avec un tant soit peu de sérieux. Elle n'en apprit guère davantage et finit par reposer son portable. Malgré toutes ses découvertes sur le sujet, elle n'avait pas repéré le moindre indice sur ce qu'elle espérait dénicher, une façon d'endiguer son pouvoir, ou mieux, de le supprimer à jamais. Le sort d'Annie et celui du jeune garçon l'angoissaient, cela allait de soi, mais le contrecoup ressenti était d'une telle violence que l'idée même de devoir rencontrer quelqu'un ou de toucher un objet commençait à l'inquiéter. De toute façon, elle ne pourrait pas leur venir en aide. Par moments, elle éprouvait encore une sensation d'entrave impalpable sur tout son corps, la même qui s'emparait d'elle au terme d'une vision.

Elle devait se calmer, en dépit de quoi elle risquait de céder à la panique. Si sa longue session de lecture s'était révélée être une mine de renseignements inespérée, elle pouvait aussi amplifier sa paranoïa grandissante. À présent, elle devrait trouver la solution dehors, tant il lui semblait avoir épuisé toutes ses idées de recherches sur internet. Elle savait déjà où aller. Avec un peu de chance, cela devait même être encore ouvert. Elle appuya sur le bouton de son téléphone. Les chiffres s'affichèrent en grand sur l'écran noir. Dix-neuf heures passées ? Impensable, elle s'était perdue dans ses investigations pendant deux heures. En fin de compte, elle devrait remettre ça pour le lendemain.

15

Ses yeux ne s'étaient ouvert que l'espace d'un instant fugace. Même si les bribes d'images imprimées sur la rétine de la jeune fille resteraient gravées dans sa mémoire à jamais, elles ne lui apprenaient pas grand-chose. Une forme sombre s'approchant d'un pas lent, le visage dissimulé derrière une cagoule ou une espèce de grand foulard. Rien de plus, Annie n'avait pas osé maintenir ses paupières si légèrement levées quelques secondes de plus. Elle les avait closes avec la même lenteur excessive que pour les soulever, avec l'impression identique d'un irrépressible tremblement sur leur fine peau. Pourtant indiscernable, ce portrait n'avait pas cessé de hanter son esprit depuis lors.

Tout avait commencé quelques instants plus tôt. Le grincement des gonds de la porte l'avait tirée de la torpeur dans laquelle son cerveau l'avait plongée pour l'empêcher de craquer complètement. Soit il n'avait pas refermé ensuite, soit il s'y était pris avec la plus grande délicatesse, car elle n'avait entendu aucun nouveau bruit dissonant. Malgré son brusque réveil, elle avait réfléchi à la situation avec une étonnante rapidité et s'était remémoré son plan, simuler un sommeil dû à quelque somnifère caché dans sa nourriture. Maintenant en présence de son agresseur, elle avait trouvé l'idée plus que discutable, mais elle s'était abstenue de tout mouvement qui aurait pu indiquer qu'elle ne dormait pas. Et étant donné que sa tête était tournée du bon côté de la pièce, elle s'était hasardée à un coup d'œil éphémère. Prisonnière comme elle l'était, elle aurait aussi bien pu ouvrir les paupières en grand et se confronter avec son kidnappeur, mais tant qu'elle le pourrait, elle retarderait au maximum ce face-à-face. Elle pressentait que cette rencontre déclencherait son dernier supplice. D'ailleurs, si son ravisseur restait camouflé en sa présence, c'était qu'il ne voulait pas prendre le risque d'être démasqué, même maintenant. Ce niveau de précaution n'était pas bon signe pour elle, la probabilité de le voir commettre une erreur dans sa séquestration était dérisoire. Le moindre doute sur la découverte de son identité, par la reconnaissance de sa voix ou de ses gestes, pourrait se révéler fatal à l'adolescente.

Elle s'évertuait à présent à conserver une respiration lente, comme si elle était encore endormie. Plus elle se concentrait dessus, plus son souffle semblait la trahir. Les bruits de pas s'arrêtèrent. Il devait se tenir non loin du lit, peut-être au niveau du bureau. Elle sentit soudain deux mains attraper ses pieds et les soulever. Par chance, le geste avait été réalisé en douceur et Annie réussit à réprimer tout gémissement, même lorsque la douleur de sa blessure à vif frottant contre l'acier enfla. La peau de son visage se contracta sous la souffrance et rougit. Ses lèvres s'entrouvrirent sans crier. Il ne dit pas un mot. Sans doute devait-il être concentré sur ses plaies. Il avait arrêté de déplacer ses jambes et les maintenait maintenant à la verticale, probablement pour lui permettre d'inspecter les lésions.

Un soufflement se fit entendre derrière le tissu utilisé pour dissimuler son identité. Était-ce mauvais signe ? La blessure avait-elle pu s'infecter, si vite ? Annie n'avait plus osé la regarder depuis sa découverte, la moindre pensée à ce sujet provoquait en elle un haut-le-cœur déjà bien suffisant. Elle craignit un examen plus approfondi, un simple effleurement qui lui arracherait un inéluctable gémissement, mais rien ne vint. Elle hésita à donner un coup de pied de toutes ses forces mais renonça, la manœuvre était aussi désespérée qu'illusoire. Son ravisseur finit par reposer son corps. Avant de repartir, il attendit quelques secondes, à moins que ce ne fût quelques minutes. Durant ce laps de temps difficile à évaluer, il fut impossible pour l'adolescente d'empêcher une larme de couler le long de sa joue. Le frottement contre sa chair l'avait trop fait souffrir. Si l'homme était focalisé sur elle, il n'avait pas pu la manquer, c'était certain. Mais une nouvelle fois, il n'avait pas prononcé le moindre mot. Peut-être ne voyait-il aucun intérêt à engager la conversation pour le moment.

Quelque temps après, elle osa ouvrir les yeux. Elle ne vit aucun changement notable dans la pièce. Son repas l'attendait toujours au pied de son lit. Au-dehors, le déclin du soleil avait commencé. Dans peu de temps, le crépuscule estomperait la cellule jusqu'à l'obscurité totale. Une douleur thoracique s'empara d'Annie. De sa position, elle ne pouvait espérer voir le ciel, mais le soupirail avait apporté une clarté si terne aujourd'hui qu'il ne faisait guère de doute que la nuit serait à son tour nuageuse. Soudain, l'image de la voûte céleste lui vint à l'esprit. Emplie d'étoiles, elle éclairait sa cellule exiguë d'une douce lueur.

L'adolescente mangea le sandwich sans prêter attention à son goût, mâchant juste assez pour avaler les morceaux. Deux ou trois minutes à peine suffirent pour expédier son repas. Sa faim n'était pourtant pas devenue insoutenable au point de la pousser à se restaurer. Non, elle craignait d'être trahie par son corps au milieu de la nuit, tiraillée par le manque de nourriture. Pourrait-elle retrouver le sommeil dans ce cas, incapable de discerner quoi que ce fût dans son cachot ? Pour la même raison, elle s'autorisa quelques gorgées d'eau. Après avoir revissé le bouchon et replacé la bouteille au sol, elle s'égara dans l'observation de la petite fenêtre. Celle-ci ne lui apporta aucune distraction, si ce n'était un moineau qui se posa à proximité de l'ouverture. Il ne resta que le temps de chercher quelque insecte à picorer, puis s'envola au loin. Las, la jeune fille finit par se coucher, dans l'attente d'un sommeil qui ne la rejoindrait pas avant de longues heures.

16

Huit heures quatre. Les yeux rivés sur l'affichage numérique du tableau de bord, Jack tapotait le volant au rythme de la musique diffusée sur les ondes. Pour une fois qu'il était à l'heure, il se retrouvait à poireauter. Il était même arrivé sur le parking avec sept minutes d'avance. Il comprenait mieux l'agacement avec lequel sa collègue l'accueillait chaque matin, mais savait tout autant qu'il serait à nouveau en retard dès le jour suivant. On ne se refaisait pas. Convaincu de sa piste, il avait poursuivi ses investigations jusque tard dans la soirée afin de visiter tous les lieux inscrits sur la liste. Il avait tout de même préféré attendre le lendemain pour mettre au courant Malya. Il lui manquait encore une preuve concrète pour envisager une vaste traque à l'homme dans la ville et ses environs.

Enfin, il la vit longer le mur de l'hôtel. Elle semblait satisfaite de ne pas avoir à faire les cent pas aujourd'hui mais ne montra aucun signe de surprise. Jack éteignit la musique à l'instant où la portière s'ouvrit. Elle détestait cela, surtout de bon matin. Pas le temps pour les petites piques habituelles, pas ce matin.

« Je me suis rendu à tous les hôtels hier, et je n'ai trouvé aucune trace de notre homme. » lâcha-t-il à sa partenaire dès celle-ci assise, sans prendre la peine de lui dire bonjour.

Celle-ci ne sembla pas s'en offusquer, le ton de son ami et le sujet étaient trop sérieux pour cela.

« Ça ne peut pas attendre le point qu'on fera au poste ?

— Tu as vraiment envie de risquer de perdre du temps ? De toute façon, je n'arriverai pas à me retenir. Et j'ai pensé à tout. Tiens, voilà pour toi. » Il ouvrit l'accoudoir central et en sortit deux gobelets munis d'un couvercle. À chaque déplacement, il emportait systématiquement avec lui une petite valise rigide vert foncé. Celle-ci contenait une machine à café et tout le nécessaire pour ne pas dépendre des distributeurs automatiques, dont la boisson pouvait tout juste être qualifiée de lavasse, selon ses propres termes. La surprise n'en était donc pas vraiment une pour sa collègue, qui avait de toute façon senti les doux effluves en pénétrant dans l'habitacle.

« Bon allez, dis-moi tout. Tu as le trajet pour me faire un topo.

— Alors, après ton départ, le commissaire m'a parlé plus en détail de ce que son prédécesseur lui avait raconté. Au final, je suis allé le voir. Je préférai avoir sa version des faits pour me rendre compte si tout ça paraissait crédible. Et me faire une idée du bonhomme. Déjà, il ne fait pas vieux du tout, il est en pleine forme.

— Oui, et après.

— Attends, c'est important. S'il avait eu l'air un peu gâteux, ça changeait tout. Bref, il m'a parlé du gars et de leur discussion. Il m'a même donné une petite description qu'il avait griffonnée sur un calepin juste après leur rencontre. C'est dire à quel point il a dû penser que quelque chose clochait. Le mec en question n'a pas dit grand-chose, mis à part qu'il était là pour quelques jours au moins. Ce qui est plus bizarre, c'est qu'il est introuvable. J'ai eu beau me déplacer dans tous les hôtels à proximité et téléphoner à ceux aux environs, personne ne semble correspondre à son portait.

— Il a pu tout aussi bien louer une maison ou juste une chambre à un particulier.

— J'y ai pensé, figure-toi. J'ai appelé tous ceux que j'ai pu dénicher sur le Net, rien de concluant. Ne me demande pas, je suis allé jeter un œil au seul camping ouvert à cette époque.

— D'accord, je veux bien admettre que c'est troublant au premier abord. Pas suspect, mais troublant. »

Le silence s'installa avec eux dans la voiture tandis qu'ils réfléchissaient. Malya se mit dans la peau d'une touriste, afin de vérifier la crédibilité de l'ensemble des faits en leur possession. Franck attendait, il avait déjà remué la situation dans tous les sens. Elle reprit.

« Il peut voyager en camping-car ? Ou faire du camping sauvage ?

— OK pour le camping-car, il faudra se renseigner auprès des habitants. Je repasserai au café, en face de l'église. J'ai bien compris qu'on peut y récolter pas mal d'informations. On est à la fin de l'automne par contre, et j'imagine moins quelqu'un aller planter sa tente dans les bois par plaisir, même si ce serait envisageable avec le beau temps de ces derniers jours.

— Ou dormir dans sa voiture ? Bon, là ça pourrait rentrer dans la case suspect. Il y a quand même pas mal de possibilités, tu vois. Tu peux me donner la description de ce type ? Il a un nom d'ailleurs ?

— Tiens. » Il extirpa de la poche de poitrine de sa chemise un petit papier plié en deux et le tendit en direction de sa partenaire. « Il a un nom, oui. Paul Baronier. J'ai contacté le central dans la foulée pour qu'il effectue des recherches.

— Et alors, ça a donné quoi ?

— Rien, je suppose. Je leur ai demandé de me prévenir dès qu'ils auraient quelque chose, peu importe l'heure. Je n'ai reçu ni message ni appel.

— Tu aurais dû commencer par me dire ça au lieu de me refaire toute l'histoire ! ragea-t-elle.

— Je voulais ton point de vue sans a priori. C'est plus que louche, je le pense depuis le début. Mais on n'en sait encore trop peu. Il y a aussi beaucoup de gens qui n'aiment pas avoir de traces d'eux sur internet, pour leur vie privée. Je les imagine très bien donner un faux nom lorsqu'ils voyagent, par exemple. Je peux presque comprendre le délire.

— Ne va pas me jouer le type indécis maintenant. On est presque arrivés. On va commencer par prévenir le chef du coin. Il transmettra le signalement de ce Paul Baronier à ses gars, histoire qu'on ne le loupe pas si l'un de nous le croise. On garde les autres investigations en parallèle. Après tout, si on a trouvé un suspect, il n'a peut-être rien à voir avec notre affaire. Il ne faudrait pas qu'on se concentre sur lui uniquement et qu'une fois arrêté, il s'avère qu'il soit coupable de toute autre chose.

— Très juste, j'ai fait la liste de tous les établissements que j'ai appelés. Je vais la donner à un collègue d'ici. Ils connaissent mieux la zone, ils auront peut-être une idée que j'ai loupée.

— Ça marche. Le commissaire est devant la porte, il nous a vus. Décidément, tout le monde m'attend ce matin. Gare-toi. Bon, on fait un point pour lui expliquer et avoir un retour sur les autres pistes. De mon côté, je n'ai rien trouvé sur Annie. Aucune altercation avec un camarade, pas de rencontre bizarre qu'elle aurait partagée avec une amie, le néant. Une fille banale quoi.

— OK, on verra s'ils ont mieux. Moi ensuite, je file au café.

— Exact. Mais tu la joues finaud. Ne va pas déclencher la panique ou l'émeute.

— T'inquiète, t'inquiète. Je serai discret comme la taupe. »

L'enquêtrice sourit. Elle savait qu'elle venait de manquer une référence de la part de son collègue. Pas d'importance, ils tenaient une piste, même si elle lui semblait un peu trop facile.

17

Une longue sonnerie retentit au loin. Julia pressa le pas, tout en sachant qu'elle avait tout à fait le temps d'arriver au lycée avant le second avertissement sonore. Depuis deux ans maintenant, l'école avait mis en place ces deux appels au lieu d'un seul pour annoncer le début des cours. Mesure qui visait à enrayer l'augmentation des traînards attendant d'entendre le bruit strident pour prendre le chemin de leur prochaine salle. Si cela fut efficace dans un premier temps, il s'avéra que les moins studieux des étudiants tenaient compte à présent uniquement du rappel pour regagner leur classe. Mais étant donné que le nombre de retards avait diminué, l'essai fut considéré comme concluant et devint définitif.

L'adolescente tourna au coin de la rue. De l'autre côté de la route, elle aperçut un groupe de quatre filles debout devant un banc. Elle avait failli les manquer. Elle répondit à leur signe de main et attendit que la voie fût dégagée pour les rejoindre. Elle se mêla avec naturel à leur conversation frivole le temps de traverser l'allée gazonnée qui jouxtait le bâtiment principal de l'école. Ce n'était pas aujourd'hui que les jeunes arbres disséminés sur tout le terrain parviendraient à apporter un peu de fraicheur et d'ombrage. Les adolescentes embrayèrent sur d'autres sujets, mais sans jamais orienter la discussion sur Annie. Proches ou non de leur camarade, toutes craignaient l'éventualité d'un enlèvement et se demandaient si elles ne devaient pas s'inquiéter pour elles-mêmes. Certaine de créer un malaise si elle abordait la question de l'angoissante disparition, Julia s'abstint, mais sans cesser d'y penser. Cela aurait-il pu arriver à n'importe laquelle d'entre elles ?

La deuxième sonnerie se fit entendre alors qu'elles se trouvaient au pied de l'imposant escalier du lycée. En compagnie d'autres traînards, elles grimpèrent les marches au plus vite et franchirent les larges portes principales. Leur conversation s'acheva par la force des choses et elles se séparèrent pour rejoindre leurs salles de classe respectives. À cette occasion, les amies se croisèrent et se frôlèrent pour emprunter les couloirs de droite ou de gauche. Julia reçut comme un uppercut au visage. Elle s'effondra sur ses genoux, sans que la douleur du choc contre le carrelage se fît ressentir. Ce ne serait qu'à la fin de son heure de cours, lorsqu'elle se redresserait de sa chaise, qu'elle éprouverait un vif élancement aux deux jambes. La séquence avait été très brève cette fois. Ses amies s'arrêtèrent, certaines de l'avoir bousculée par mégarde. La jeune fille accepta les mains tendues, moins par un réel besoin d'aide que par l'espoir de créer une nouvelle vision, plus explicite. Rien ne survint.

Les adolescentes se quittèrent pour de bon. Julia toucha quelques fois de plus les deux camarades restées à ses côtés de la manière la moins bizarre possible, sans plus de résultat. Peut-être s'agissait-il d'une des autres ? Ou peut-être que son pouvoir ne fonctionnait pas aussi facilement, pas aussi vite ? Elle attrapa une dernière fois la main de ses amies et fit mine de les encourager pour ce cours de Physique que beaucoup redoutaient, puis gagna sa place. Suivre les explications du professeur fut encore plus difficile que d'habitude, la prémonition l'avait trop chamboulée. Elle suscitait l'espoir de pouvoir en provoquer d'autres, mêlé à la frustration du manque criant de détails obtenus. Mais ce qui l'obsédait le plus était de lever le voile sur l'identité de l'initiatrice de sa vision. Elle devrait attendre au moins la pause déjeuner pour revoir Emma et Christine. Et tenter de découvrir laquelle de ses camarades se ferait prochainement agresser.

18

Elle était là. Avec ses amies, occupée à rire et à partager des futilités de jeunesse. Comment pouvait-elle paraître à ce point insouciante, ingénue ? Son petit sourire s'effacerait bientôt pour céder la place à la peur, jura Franck dans une grimace. Il les regarda s'éloigner pour se diriger vers leur établissement. Il ne regrettait plus d'avoir pris le risque de venir jusqu'ici. À présent, il savait que la fille resterait sans doute au lycée pour la matinée. Et ce n'était pas lors de la pause méridienne qu'une occasion favorable se présenterait à lui, pas en pleine journée. La fin d'après-midi lui serait peut-être plus propice, s'il parvenait à la retrouver. Sans connaître son emploi du temps, il ne pouvait se hasarder à faire le pied de grue pendant des heures, qui plus est devant une école. Même dans sa voiture, il y aurait bien un lycéen ou deux pour le remarquer, lancer une petite blague à un de ses copains et graver dans sa mémoire son visage. Et il avait beau s'être grimé, il ne ferait pas bon être repéré à trop d'endroits de la ville, spécialement ici.

Il déverrouilla enfin le téléphone qu'il tenait dans sa main depuis son arrivée. Il avait fait semblant de l'utiliser durant toute son observation, alternant les coups d'œil sur la rue et sur l'écran noir. Cela avait dû suffire pour ne pas attirer l'intérêt des passants, espérait-il. La recherche fut rapide. Les deux magasins de location de voitures étaient ouverts toute la journée, sans interruption. Parfait, il pourrait déposer son pick-up actuel et en prendre un nouveau modèle autre part. Il en profiterait pour vérifier l'état de son propre véhicule.

Et ensuite, retrouver la fille.

19

Telle une fanfare désaccordée mais emplie d'un enthousiasme certain, un tohu-bohu plein de chaleur accueillit Jack au moment où il franchit le seuil de l'établissement. Seule manquait la présence dans l'atmosphère d'un léger brouillard de fumée de cigarette pour lui rappeler sa jeunesse dans les cafés d'antan. Encore sur le pas de la porte, il prit une profonde inspiration par pur réflexe et inhala l'air dépourvu de nicotine. Il inspecta le comptoir mais ne vit pas le bonhomme qui l'intéressait. Il recommença, s'apercevant qu'il n'avait pas vérifié s'il reconnaissait le suspect parmi les gens installés, occupés à manger et à boire, la plupart concentrés sur leur téléphone. Sans gêne aucune, et sans même prétexter de chercher une place, il effectua le tour de la pièce en examinant chaque table. Il s'efforça néanmoins de ne pas afficher une mine trop grave ou trop sévère et esquissa de légers sourires aux coups d'œil interrogateurs qu'il croisa lors de sa rapide inspection. Pour finir, il s'assit sur un des trois sièges contigus encore disponibles au comptoir, sous le regard amusé d'Agota. Elle avait reconnu le flic et n'avait pas perdu une miette de son petit tour du propriétaire. Il venait toutefois de commettre une erreur au moment de s'installer. Elle s'approcha de lui, tout sourire.

« Bonjour, bonjour ! Alors, qu'est-ce que je vous sers ce matin ? Un bon café pour commencer ?

— Non merci, madame, j'ai déjà bu à un excellent café chez moi. Par contre, je vais vous prendre un croissant et un sandwich.

— Mon café est délicieux, vous savez. Juste assez fort,

mais en restant savoureux. Tenez, je vous en offre un pour comparer. Ça vous dit ? Et appelez-moi Agota, voulez-vous.

— Marché conclu, madame Agota. » lui sourit-il.

Il profita de la préparation de sa commande par la gérante pour regarder au-dehors. Pas besoin de relire ses notes, il connaissait bien le modèle de la voiture qui l'intéressait pour en avoir lui-même possédé une il y a quelques années. Aucune trace d'un pick-up bleu, en tout cas pas derrière les fenêtres. L'ancien commissaire avait été jusqu'à retenir le véhicule de son interlocuteur. Profonde sagacité ou méfiance excentrique, Jack ne savait pas trop quoi penser encore de cet homme. Mais celui-ci avait peut-être vu juste. Lors de leur réunion ce matin, son successeur avait rebondi sur les nouvelles informations. Une voisine de la famille de la petite Annie l'avait contacté. Elle avait aperçu un type soi-disant étrange dans un 4x4 garé dans sa rue, pendant que des policiers se trouvaient dans la maison des Roussel. Il était de couleur bleue. À la base, Patrick Rika n'avait pas prévu de transmettre le renseignement à ses collègues, la curiosité et les conclusions hâtives de la vieille dame n'étaient pas loin d'être légendaires. Source fiable ou non, elle corroborait le premier témoignage, jusqu'à la casquette présente dans les deux déclarations.

« Voilà pour vous. Dites, si vous cherchez quelque chose ou quelqu'un, il faut demander, j'aurai peut-être la réponse. »

L'enquêteur pivota sur son siège. Son regard se posa sur la serveuse et son repas. Il saisit la perche pour aborder le sujet qui l'avait amené ici.

« Je me disais juste que je n'avais pas vu de camping-cars en ville depuis mon arrivée. Peut-être disposez-vous d'une aire spécialement réservée, ou peut-être existe-t-il un lieu approprié qui se prête à leurs courts séjours ?

— Non, pas en particulier. Attendez que je réfléchisse. Certains s'installent au bout du parking du supermarché à l'entrée de la ville, souvent ceux qui ne restent qu'une nuitée. Les autres se garent un peu partout en ville, surtout vers les parcs, car les places y sont plus larges, et certains ont des chiens. Pour les balades, vous comprenez.

— Tu oublies le parking du pont aux brochets. »

L'homme assis à la droite de Jack les regardait d'un sourire charmant, apparemment satisfait de se mêler à la conversation. Il reprit sans attendre d'invitation.

« Avant que vous me le demandiez, je vois que vous êtes curieux, je parle d'une petite zone de stationnement qui se trouve à la limite de la ville côté est. On y accède par un chemin de terre assez étroit, bien que deux voitures puissent se croiser. Une fois sur place, il faut marcher trois quatre minutes pour rejoindre un ponton assez prisé par les pêcheurs. Mais je crois que cette dernière information ne vous intéressera pas.

— Merci, monsieur, répondit le policier, un peu surpris par cette arrivée soudaine. C'est bien aimable à vous de m'aider.

— Mais de rien. Si je peux rendre service, ça me fait plaisir.

— Tu ferais mieux de te présenter maintenant, ça t'évitera des problèmes plus tard. » suggéra la gérante. Elle s'amusa de l'incompréhension affichée sur le visage du flic. Elle était intervenue dans son intérêt, elle l'avait trouvé sympathique dès le départ.

« Agota, Agota, pour qui veux-tu me faire passer, voyons. Et bien enchanté, monsieur, je m'appelle Kevin Rizza, et je ne suis qu'un humble journaliste de la région.

— Enchanté également. »

Jack masqua autant que possible son amertume. Sans prévenir, la situation lui avait échappé. Il se sentait tout petit. N'ayant pas fait le moins du monde attention à qui se trouvait à côté de lui au moment de s'assoir, il n'avait aucun moyen de savoir si le reporter était installé là avant lui ou s'il avait sciemment pris place à la première opportunité. Il devait à présent faire son possible pour maintenir une relation cordiale, afin d'éviter de se le mettre à dos dans le futur. Après tout, cette recherche sur les camping-cars était loin d'être la partie la plus pertinente de cette affaire.

« Je suppose que vous n'ignorez pas que je suis un des enquêteurs chargés de retrouver la petite Roussel. Vous auriez pu garder l'information pour vous et visiter ce parking avant de nous en parler. J'apprécie le geste.

— Enfin, c'est la vie d'une jeune fille qui est en jeu. Je ne vais pas vous mentir en vous promettant que je n'irai pas jeter un coup d'œil, mais la priorité est de la sauver, bien entendu. Après, si vous avez des renseignements intéressants, pas confidentiels hein, je suis preneur évidemment.

— Rien de plus que ce que nous avons annoncé au point presse, non. Mais j'imagine qu'avec l'information que vous venez de glaner, vous avez déjà un article à rédiger.

— Oh, même plusieurs oui. Je suis certain de pouvoir déduire des tas de choses à partir de notre conversation. J'aurais pu être enquêteur, je pense, sans vous manquer de respect bien sûr. Je devine assez bien les intentions des gens, vous savez.

— Tu devrais surtout te faire écrivain de science-fiction oui, interrompit la tenancière. Ne l'écoutez pas, et ne vous inquiétez pas. Si le papier est signé de son nom, personne n'y croira et n'ira harceler les propriétaires de camping-cars ou autres voyageurs.

— Ah, ce n'est pas gentil de me présenter comme un affabulateur.

— Ce n'est rien, je vous assure, coupa Jack qui avait repris confiance. Est-ce que vous savez si j'ai des chances de croiser Jean-Paul Millar ici ce matin ?

— C'est possible, oui. Il vient souvent déguster mon café, mais il ne suit pas à une routine particulière. Je peux le prévenir s'il passe.

— Pas vraiment, c'était juste pour discuter un peu. J'ai son contact si besoin. Eh bien, je vais vous laisser, j'ai beaucoup à faire. Délicieux votre café au fait, vous aviez raison.

— Ha ha, merci. Ça me touche, de la part d'un amateur tel que vous ! Alors bonne journée, j'espère que vous trouverez vite le salopard qui a fait ça.

— Oui, bonne journée inspecteur. Je vous préviendrai si je dégote un tuyau fiable.

— Je vous en remercie. Au revoir. »

Jack rejoignit le parking le regard porté au loin, à la recherche d'une réponse. Sa rencontre avec le pigiste le laissait circonspect. Il décida de faire le tour de la ville. Qui sait, il tomberait peut-être sur quelque chose d'intéressant, et au volant, il aurait le temps de réfléchir.

20

La cloche de l'église se fit entendre au-dehors. Un seul tintement, mais assez intense pour que Julia s'attendît presque à voir les hautes fenêtres de la bibliothèque tressaillir. Midi trente. Même en comptant le trajet en bus pour retourner au lycée, la jeune fille savait qu'elle disposait d'un temps considérable devant elle. Elle espérait dénicher quelque chose ici, après la déception de ne pas avoir retrouvé ses amies en sortant de son dernier cours de la matinée. Par acquit de conscience, elle ajouta tout de même un réveil sur son téléphone. Les recherches de l'autre soir lui avaient montré avec quelle facilité elle pouvait s'égarer dans ses lectures si la chance lui souriait.

Après un papotage jugé interminable par l'adolescente, le vieux monsieur abandonna enfin le guichet. La jeune fille s'approcha d'un pas vif, décidée à ne perdre aucun instant.

« Bonjour, mademoiselle, en quoi puis-je vous être utile en cette belle journée ? »

La femme installée derrière le comptoir lui était presque inconnue. Une exception, car elle discutait fréquemment avec tous les autres employés du lieu, en bonne habituée des livres depuis sa plus tendre enfance. Avant même de commencer à déchiffrer les mots, sa mère, elle-même férue de littérature, l'emmenait chaque semaine et s'échinait à lui dégotter des lectures inédites. Julia n'avait pas eu l'occasion de lier connaissance avec cette nouvelle venue depuis son arrivée, un ou deux mois plus tôt. Elle avait essayé de temps à autre, mais la bibliothécaire semblait insaisissable, toujours à s'envoler dans la direction opposée à la sienne. L'adolescente s'était depuis résignée, jusqu'à aujourd'hui.

Ces circonstances peu banales lui donnaient enfin l'opportunité de discuter avec elle.

« Bonjour. Je m'excuse de vous déranger, j'aurai une petite question. Je n'ai pas l'habitude de demander de l'aide pourtant, je traîne très souvent ici, vous l'avez peut-être remarqué. Je croyais même connaître tous les coins et recoins, mais peut-être que non en fin de compte. J'ai eu beau parcourir tous les rayons de la partie adulte, je n'ai trouvé aucun espace qui pourrait parler de sciences occultes, ou quelque chose du genre. »

Elle attendit de voir apparaître un sourire moqueur sur le visage de son interlocutrice en réponse à cette demande peu conventionnelle mais rien ne vint perturber sa mine amicale.

« Oh, il est vrai que beaucoup passent à côté sans y prêter attention. Il faut avouer qu'il est assez restreint. Tenez, je vais vous y conduire. »

La femme se leva, fit le tour du comptoir et dépassa la jeune fille, l'invitant implicitement à la suivre. Si près d'elle, elle paraissait bien plus grande que toutes les autres fois où elle l'avait aperçue, songea Julia. Ses longs cheveux blonds semblaient à certains moments blanchir sous les variations de lumière des néons de la salle. Elle bifurqua vite, à peine deux rangées franchies depuis leur départ, continua jusqu'à un tiers de l'allée environ et s'arrêta. D'un geste gracieux de la main, elle délimita le rayon tant convoité.

L'adolescente resta interdite. Elle était persuadée d'avoir cherché ici, plusieurs fois même. Quelle étourdie ! Elle s'approcha et lut quelques titres sur les bordures pour se convaincre elle-même puis se retourna vers la bibliothécaire. Celle-ci ne paraissait pas le moins du monde vexée par cette petite vérification et semblait la sonder, comme pour s'assurer de sa satisfaction. Elle avait l'air plus jeune maintenant. Lors de leur rencontre, Julia lui aurait donné une cinquantaine d'années, voire davantage. À présent, elle jurerait qu'elle n'en avait pas plus de trente. Encore un jeu d'ombre et lumière, estima-t-elle.

« Merci, c'est très gentil, finit-elle par prononcer d'une voix qu'elle aurait souhaité plus assurée.

— C'est tout naturel, c'est mon rôle. Je fais au mieux pour être efficace, même si beaucoup de choses restent nouvelles pour moi dans ce métier.

— Ah bon, vous n'étiez pas bibliothécaire avant ? interrogea Julia, heureuse de pouvoir satisfaire sa curiosité.

— Non, mais j'ai travaillé dans de nombreux commerces. Des magasins de jouets, des drogueries, dans un café une fois aussi. Et plusieurs autres. Je crois que ce que j'aime, c'est le contact avec les gens, essayer de les aider, comme toi. Tu comprends ? Eh bien, je ne vais pas te faire perdre ton temps, je suis certaine que tu trouveras ici de quoi répondre à tes attentes.

— Oui, merci encore. »

Julia scruta la dame qui rebroussait chemin, pensive. Elle détourna le regard au plus vite lorsque celle-ci l'observa quelques secondes, au moment de quitter l'allée. L'adolescente n'osa plus jeter un nouveau coup d'œil dans sa direction. À la place, elle examina chaque rayon, toujours autant surprise de ne pas l'avoir repéré toute seule. « La bibliothécaire a dû me prendre pour une gamine pas très dégourdie », pensa-t-elle tandis qu'elle lisait le titre de chaque ouvrage, la tête légèrement inclinée. Malgré la classification par thème sur les différents niveaux, la jeune fille parcourut l'ensemble de l'arrangement composite de l'étagère. Sa faible connaissance de cet univers ne lui permettait pas de savoir avec précision quel type de livre serait susceptible de lui apporter des éclaircissements sur son don.

Si elle passa à la va-vite les parties concernant le spiritisme, l'alchimie ou bien l'astrologie, elle étudia avec davantage d'attention les écrits qui portaient sur la divination et la magie. Pour le premier, il était surtout question d'ouvrages s'intéressant aux pratiques destinées à prédire le futur : cartomancie, runes, astrologie une nouvelle fois, chiromancie et d'autres encore. Elle reposa aussi rapidement qu'elle le prit un livre sur la tasséomancie. Cet art divinatoire permettait de lire l'avenir dans les feuilles de thé. Au vu de ses récentes aventures, il ne lui vint pas à l'esprit de sourire ou de se moquer de cette pratique. Quelques titres évoquaient les rêves prémonitoires. Elle espéra dans un soupir que son pouvoir n'évoluerait pas dans ce sens. Elle en sélectionna deux qui avaient retenu son attention : *Oracles, devins : Mythes ou réalité ?* et *Les clés de la divination : comprendre et contrôler ce don.* Elle feuilleta ensuite plusieurs ouvrages classés dans la partie Magie.

Mis à part quelques exceptions en apparence un peu trop ridicules, toutes les lectures semblaient sérieuses. Elle ne pourrait pas tout consulter ce midi, à peine aurait-elle le temps d'effleurer le contenu de quelques-unes. Il n'était pas question non plus d'en emprunter plus de quatre ou cinq. Elle assumait déjà avec peine ses recherches, elle craignait de paraître trop bizarre, trop suspecte. Après réflexion, elle n'en choisit qu'un seul autre, peu épais en comparaison des livres à ses côtés : *Magie divinatoire : ce pouvoir inné insoupçonné.* C'était suffisant pour commencer, jugea-t-elle. Pas besoin de se surcharger, elle reviendrait plus tard si ces premiers prêts se révélaient infructueux.

Elle s'installa sur une des tables situées au fond de la salle. Elle ne serait pas dérangée de toute façon, le lieu était comme à son habitude désert à cette heure. Elle feuilleta avec attention chaque œuvre pour se faire une idée initiale de leur contenu avant de les emporter. De toute manière, le temps restant ne lui permettait pas d'en éplucher un seul sur place. Après ce premier survol, elle estima les livres assez intéressants pour les ramener à la maison. Un bref coup d'œil à son téléphone lui indiqua qu'elle avait encore dix minutes devant elle. Bien insuffisant cependant pour se plonger plus en avant dans son étude. Elle se leva et se dirigea vers la bibliothécaire, laquelle semblait l'attendre pour combler la solitude de cette période méridienne.

« Je vois que vous avez trouvé votre bonheur, mademoiselle. C'est bien.

— Oui, oui. » répondit l'adolescente d'une voix un brin embarrassée en lui tendant les livres et sa carte de prêt. Elle apprécia l'absence de remarque sur la teneur de ses écrits, l'excuse qu'elle aurait dû inventer aurait été aussi brouillonne que grotesque.

« Ah, tu es là toi ? On rentre ensemble ? »

Concentrée pour avoir l'air naturelle auprès de son interlocutrice, l'interpellation derrière elle la fit sursauter. Elle tourna la tête au moment où une jeune fille dans son dos lui donnait une tape amicale sur l'épaule. Elle sentit ce qui allait se produire alors qu'elle apercevait la main s'approcher d'elle au ralenti. Comme si les secondes s'allongeaient jusqu'à voir le temps se figer. Le flash fut intense. Le brouillard qui lui succéda se dissipa vite et la ramena au présent.

« Ça va, Julia ? Tu fais une tête bizarre.

— Oui, désolé Christine, un petit coup de vertige, je pense. J'ai pas mangé grand-chose ce midi. »

Elle esquissa un discret sourire de façade en direction de son amie. Le choc ne l'avait pas fait tomber cette fois, peut-être un signe qu'elle s'habituait à son nouveau pouvoir. Ébranlée par les images imprimées dans son esprit, elle attrapa distraitement la pile de livres poussée par la dame sur le comptoir et la glissa dans son sac à dos. Dans le même temps, elle s'autopersuada que sa camarade n'avait pas eu l'occasion d'en lire les titres. La bibliothécaire la regardait d'un air affectueux, sans montrer aucune inquiétude quant à sa légère absence. Les jeunes filles prirent congé et partirent en direction de leur école, sans qu'aucune autre vision ne vînt troubler leur retour.

21

La main serrée sur la clé de contact, Kevin fixa à travers le modeste miroir du rétroviseur le reste du parking. Malgré le champ de vision plus que réduit, il bénéficiait d'une vue quasi globale de la zone, car il avait eu la bonne idée de garer sa voiture tout au début du chemin. Sans trop de surprise, personne n'apparut. Il ne pensait pas que le ou la possesseur du second camping-car pouvait être le coupable de toute façon. Il avait profité de l'isolement du lieu et de l'absence manifeste de bruit à l'intérieur pour y jeter quelques coups d'œil. Tout portait à croire à la présence de simples vacanciers, ou alors le kidnappeur avait un sacré don dans l'art du camouflage.

Quant au premier véhicule, il avait rencontré les propriétaires en se rendant au bord de l'eau. Un couple d'une cinquantaine d'années, déjà installé dans de confortables chaises avec leur matériel de pêche à leur côté. Ils étaient d'un naturel bavard, et le journaliste n'avait presque pas eu besoin d'user de son tact habituel pour nouer la conversation. Il n'en avait retiré qu'une information utile à son enquête. Depuis trois jours qu'ils s'étaient arrivés, à l'exception de pêcheurs et autres promeneurs éphémères, seul le deuxième camping-car s'était établi ici, la veille. Ils n'avaient par contre pas eu l'occasion d'en rencontrer les propriétaires.

Le jeune homme les avait quittés après un papotage de courtoisie et avait rejoint sa voiture. Aucune raison de rester dans les parages et d'attendre un éventuel retour de l'inconnu. Il sentait que ça ne collait pas. La date d'arrivée d'abord, même si le véhicule avait pu être déplacé par mesure de prudence. La zone non plus ne convenait pas.

Bien qu'éloignée, elle était fréquentée malgré tout, un renfoncement sur le bord d'un chemin de terre quelconque aurait mieux fait l'affaire.

Il parcourut le sentier forestier qui le séparait de la route nationale et s'arrêta au panneau Stop. Une automobile approchait sur sa droite, à vitesse réduite. Il aurait largement eu le temps de s'engager avant elle s'il avait été moins distrait. Il se demandait si d'autres endroits plus discrets auraient pu servir de planque à quelqu'un au volant d'un fourgon ou d'un camping-car, mais rien ne lui venait à l'esprit. Sans oublier d'envisager la possibilité que le coupable fût seulement de passage. Dans ce cas, il pouvait avoir quitté les lieux dans la foulée et se trouver bien loin d'ici. Kevin accompagna le véhicule passant devant lui d'un mouvement de tête. Il s'était déjà engagé sur la route avant que son cerveau n'analysât ce qu'il venait de voir. Sa voiture franchit la ligne centrale et il donna un vif coup de volant pour rattraper son écart, sous le regard probablement surpris et rassuré du camion roulant en sens inverse au loin. Il espéra que l'homme devant lui n'avait pas fait attention à sa brève embardée et resta à une distance raisonnable de lui.

Ne pas s'emballer, s'ordonna-t-il à lui-même alors que dans sa tête s'élaboraient déjà mille théories et futurs possibles à cette rencontre fortuite. Il n'avait pourtant aperçu au volant qu'un individu légèrement barbu, une casquette vissée sur son crâne. Le modèle et la couleur du véhicule ne correspondaient même pas, mais le simple fait de ne pas le reconnaître l'avait transformé en suspect crédible, voire en coupable. Pour lui, le conducteur ressemblait trait pour trait au portrait que lui avait dressé sa mère, le jour même de la découverte de la disparition d'Annie. Elle lui avait téléphoné pour lui expliquer qu'elle avait aperçu un homme étrange, à bord d'une automobile garée dans sa rue. Elle était convaincue qu'il pourrait en tirer quelque chose dans son travail. Bingo, pensa Kevin en tournant sur la droite. Comme à son habitude, il occulta de sa mémoire les nombreuses erreurs d'interprétation commises au cours de ses anciennes investigations journalistiques.

Sa filature prenait de plus en plus de sens, l'individu venait d'emprunter une route peu fréquentée, sans aucun doute pour éviter de passer par le centre-ville. Son esprit s'emballait, presque au point de lui faire oublier de maintenir un écart suffisant avec sa cible pour limiter le risque de se faire remarquer. La poursuite continua à travers la ville. Ils l'avaient presque entièrement traversée lorsque le clignotant droit finit par s'allumer. La voiture ralentit et Kevin n'eut d'autre choix que de se rapprocher pour garder une attitude crédible. Il la vit s'engager dans la petite allée d'une maison reculée et la dépassa. Après avoir atteint l'intersection suivante, il fit demi-tour et se gara deux numéros avant le chemin, derrière un véhicule utilitaire blanc.

Il nota l'adresse, prit plusieurs photos et ferma les yeux un instant. Aucun doute ne vint s'immiscer dans ses pensées, il était bien trop fier de lui pour cela. Incapable d'attendre une seconde de plus, le temps par exemple de se renseigner sur la maison, il attrapa son smartphone et composa le numéro du commissariat. Comme à son habitude, son appel reçut un accueil plutôt froid, ses nombreux coups de téléphone avaient eu raison de la patience des standardistes de la police locale. Sans lui raccrocher au nez, elles prenaient tout juste la peine de noter les informations qu'il avait à fournir avant de mettre fin à la conversation, sans demander plus de détails. Aujourd'hui ne dérogeait pas à la règle. Il s'en offusqua pourtant avec la même véhémence, comme si c'était la première fois qu'il les importunait. Convaincu que le message ne serait pas transmis, ou alors pas assez vite à son goût, il décida de se rendre au centre-ville. Il tomberait peut-être sur un enquêteur, ou bien sur le vieux Jean-Paul. Lui avait encore des contacts, et il l'écouterait, c'était certain.

22

Ils reposaient sur sa couverture, alignés les uns à côté des autres. Depuis plusieurs minutes, Julia restait interdite face à ces quatre ouvrages. Sous cet angle, ils semblaient presque la dévisager. D'où pouvait donc provenir le troisième de la liste : *Perceptions de la sorcellerie, de l'Antiquité à nos jours* ? Elle était persuadée de ne pas l'avoir emprunté. Pendant les cours, elle n'avait cessé de penser aux trois livres enfermés dans son sac, à sa portée et pourtant inaccessibles. Trois, pas quatre. Elle connaissait même les titres par cœur, pour les avoir répétés en silence de nombreuses fois durant la journée. Ou alors son don provoquait à présent des périodes d'absence ? Hypothèse terrifiante, mais bien trop plausible selon la jeune fille.

Depuis qu'elle l'avait découvert et placé sur le lit, elle hésitait à s'en saisir à nouveau, prise d'une sensation étrange. Elle secoua la tête avec énergie, comme si chasser ses pensées chimériques serait aussi simple. Elle s'était sentie si heureuse à son arrivée d'entendre sa mère lui annoncer qu'elle devait se rendre au magasin de bricolage avant sa fermeture. Elles dîneraient donc avec un peu de retard, ce qui lui permettrait d'entamer sa lecture sans attendre. Elle aurait maintenant préféré faire cette découverte plus tard dans la soirée. Elle scruta une nouvelle fois la couverture, à la recherche d'un utopique indice, une clé pour élucider sa présence ici. Sa couleur, un modeste orange terni avec le temps, lui rappelait celle renvoyée par les citrouilles d'Halloween sous la lumière de leur bougie.

En lieu et place d'une image qui aurait pu orner l'ouvrage, un simple grand X était apposé sous le titre, à moins que cela ne fût une croix. Impossible à déterminer pour la jeune fille, pas plus que son éventuelle signification. Comme pour les lettres, on l'avait écrit en relief sur la reliure pour le mettre plus en valeur. Mais lorsque l'adolescente se pencha légèrement, l'ensemble des inscriptions parut presque s'effacer pour devenir à peine visible. Une sorte d'illusion d'optique dont elle ne pouvait percer le secret. Elle se décida enfin.

D'une main moins fébrile que prévu, elle s'empara du livre. Presque sans surprise, la vision s'immisça dans son esprit. Jamais les images n'avaient été aussi claires. Elle aurait presque juré entendre la dame s'adresser à elle alors qu'elle la vit joindre le quatrième emprunt à sa pile. Julia elle-même lui tournait pourtant le dos à ce moment, déconcentré par son amie Christine. C'était comme si son subconscient avait pu lire sur les lèvres. « Tenez, ceci vous sera certainement utile, mademoiselle. » C'était donc bien ça. Mais pourquoi la bibliothécaire avait-elle ajouté un écrit sur ce sujet en particulier ?

Sa curiosité prenant le pas sur ses nombreuses craintes, elle l'ouvrit et consulta ce qui tenait lieu de préface. L'ensemble s'articulait autour de la vision que le monde avait eue des sorcières au cours du temps. Qui qualifiait-on de sorcières ? Au lieu d'une lecture chronologique, l'auteur proposait un découpage par catégories. Herboristes, qui jusqu'à l'âge des Lumières s'étaient fait persécuter par l'église notamment. Voults et dagydes, qui après vérification se trouvaient être des figurines utilisées pour envoûter, à l'image des poupées vaudou. La nécromancie, ou l'art d'interroger les morts afin de connaître l'avenir. Pouvoirs acquis par des contrats signés avec des démons. Et enfin, Pouvoirs innés.

Elle tourna les pages pour accéder aux deux dernières parties. Au point où elle en était, elle jugeait tout à fait plausible d'avoir passé un pacte démoniaque et de n'en avoir conservé aucun souvenir. Le livre était volumineux, les deux thèmes occupaient à eux seuls plusieurs centaines de pages. Jamais elle n'aurait le temps de simplement survoler l'ensemble.

Sans trop savoir par quel bout commencer, elle fit défiler

les feuilles de sa main droite, dans un sens puis dans l'autre. Ses pensées se dirigeaient à présent sur le second fait marquant de sa journée, les deux visions. La seconde en particulier, qu'elle avait cherché à provoquer mais qui finalement s'était produite une nouvelle fois à l'improviste. Néanmoins, à présent qu'elle connaissait l'identité de la victime, elle se sentait impuissante face à la situation. Elle ne s'imaginait pas un seul instant aller voir Christine pour lui expliquer qu'elle avait reçu le don de prémonition et qu'elle savait qu'elle se ferait agresser dans un futur proche. Encore moins se rendre à la police et les prévenir qu'elle avait rencontré un homme louche et qu'elle avait eu une vision de lui en train d'attaquer une amie. Oui, ce dernier message parapsychique ne souffrait d'aucune ambiguïté quant au responsable de tout cela. Toujours le même homme. Pourquoi ne s'en était-elle pas convaincue plus tôt, tous les signes convergeaient pour le lui faire comprendre.

Elle réfléchit encore et encore, à la recherche d'une manière de transmettre cette information cruciale. Une seule idée lui vint, raconter qu'elle avait vu un homme qu'elle ne connaissait pas rôder autour du lycée et la suivre. Elle ne se sentait pas la force de mentir sur ce dernier point, mais elle n'aurait pas d'autre choix que de broder leurs rencontres. Peut-être pourrait-elle en parler à son amie en premier lieu, sa réaction lui permettrait de savoir si ses mensonges paraissaient crédibles. Elle lâcha les pages pour prendre son téléphone et contacter Christine. Formuler un message satisfaisant nécessita plusieurs minutes.

Elle reporta ensuite son attention sur le livre. Son feuilletage machinal l'avait amené au début d'un chapitre dont le titre la laissa médusée. *Voyance pure : un don inné.* Trop d'événements insensés étaient survenus pour croire à une simple coïncidence. Elle leva les yeux, presque certaine de trouver le responsable dans la pièce. L'esprit déjà confus par la situation, elle renonça à percer ce nouveau mystère et commença sa lecture.

Appelée aussi voyance mantique intuitive, les descriptions détaillées dans l'ouvrage correspondaient en tout point ou presque à sa compétence parapsychique. Certaines parties ne lui seraient sans doute d'aucune aide, comme les exemples de faits soi-disant avérés de l'usage de tels pouvoirs dans l'histoire, ou encore les hypothèses sur l'origine de l'apparition de ce don chez les élus, nom conféré par l'auteur aux détenteurs de cette capacité. Elle survola tout de même ces longs passages d'un œil attentif, sans en retirer autre chose que des suppositions supplémentaires sur son cas personnel. En revanche, elle consulta avec le plus grand soin la section sur la description du phénomène en lui-même.

Dans son texte, l'écrivain dévoilait l'information primordiale à retenir selon lui, toute prémonition avait un but. Elle apparaissait afin d'amener les sorcières et les sorciers à accomplir une action, ou alors à empêcher un futur de survenir. Qu'il fût passé, présent ou futur, provoqué ou spontané, aucun épisode divinatoire ne dérogeait à cette règle. L'auteur précisait que le dessein pouvait correspondre à quelque chose de minime, surtout dans le cas où le pouvoir avait été maîtrisé depuis longtemps. Certaines personnes possédaient cette faculté sans jamais la découvrir, elle restait en semi-sommeil dans leur corps et ne leur offrait que de fortes intuitions dans la vie de tous les jours. D'autres acquéraient ce don lors d'événements dramatiques au cours desquels leur capacité s'éveillait par la force des choses. Les dernières le détenaient dès la naissance et grandissaient en ayant une parfaite conscience de cette particularité, comme quelqu'un qui serait doté d'une ouïe plus fine que la normale.

La partie finale traitait de l'aptitude à percevoir le futur. À partir de chaque fait, de chaque action survenue sur Terre, tous les avenirs possibles existaient dans l'au-delà avant même de se produire. Ainsi, les personnes réceptives pouvaient capter ces événements plus ou moins éloignés dans le temps et influer sur leur véritable concrétisation. Cependant, elles ne pouvaient pas toujours savoir si la vision offerte présentait le futur actuel ou celui qui pourrait avoir lieu si on agissait de telle ou telle manière. Cela semblait surréaliste, elle se serait presque crue en train de lire un roman ou de regarder un film.

Le chapitre se concluait par une mise en garde. On déconseillait de faire étalage de cette capacité, au risque d'être persécuté, voire de connaître un funeste destin. Au regard de la description, cela ressemblait fort à une chasse aux sorcières, ce qui n'avait rien d'étonnant compte tenu du livre en question. Julia se demanda alors de quand il pouvait bien dater. Elle regarda les premières et dernières pages sans trouver aucun renseignement, mis à part le fait que tout semblait avoir été écrit à la main.

Elle consulta son téléphone, incapable de savoir quelle heure il pouvait bien être, et aperçut parmi toutes les notifications la réponse de son amie. Celle-ci indiquait être déjà prise après les cours pendant les deux prochains jours, mais qu'elles pouvaient se voir au lycée ou en parler par message. Elles ne pourraient jamais trouver un moment vraiment tranquille dans l'établissement, c'était certain, et Julia jugea inconcevable d'attendre plusieurs jours, pas dans ces conditions. Après réflexion, elle se sentit soulagée, aborder le sujet et formuler ses explications seraient beaucoup plus simple de cette manière. Elle pianota une phrase d'amorce sans perdre de temps. Avec la distance, cela se révéla beaucoup moins ardu qu'elle ne l'aurait cru. Une fois terminée, elle modifia tout de même son texte plusieurs fois. Elle voulait être certaine de paraître crédible, pas trop étrange. Elle regarda le bouton, respira un bon coup, et appuya.

23

« Un autre café s'il te plaît, Agota. Tiens, mets-moi un double, tant que tu y es, ça m'évitera de revenir trop vite.

– La nuit a été rude ? Encore passé ton temps à prendre d'innocents habitants en filature en vue d'un scoop improbable ? » envoya d'un ton volontairement moqueur la tenancière.

En plein dans le mille, pensa Kevin avant de répondre de la mine la plus joviale possible.

« Quelque chose dans le genre, oui.

– Et tu es sûr de vouloir continuer de faire le pied de grue dehors ? Il fait grand vent ce matin, tu pourrais très bien apercevoir ton bonhomme par la fenêtre. Et pas dit qu'il soit très content de te voir l'attendre comme ça de bonne heure. Je peux lui laisser un message aussi.

– Non non, c'est bon. Allez, à plus tard. »

Il empoigna le gobelet bleu-gris, couleur du pélican dessiné sur l'enseigne du café, puis ressortit. Malgré les apparences, il n'avait pas à craindre qu'Agota se préoccupât outre mesure de son comportement matinal. C'était l'avantage que lui conférait son excentricité habituelle.

Il commençait à se demander s'il ne perdait pas son temps. Un peu plus tôt, il s'était posté devant le commissariat. Ne voyant pas l'inspecteur arriver, il avait tergiversé, hésité, avant de finir par se rendre au centre-ville. Il ne savait plus trop si rester ici avait du sens, mais il n'avait pas d'autre moyen de le contacter, et il n'escomptait pas sur une rencontre fortuite en enchaînant le tour des pâtés de maisons. Il regarda à nouveau son écran à la recherche d'un appel en absence, signe que son message avait bien transité depuis l'accueil jusqu'aux responsables de l'enquête. Rien. Une fois encore, il songea à retourner au domicile du coupable et agir, seul. C'était peut-être présomptueux de sa part de penser qu'il pourrait faire autre chose que de s'exposer au danger, mais il ne pouvait pas attendre alors que chaque seconde rapprochait peut-être la petite de la mort.

Il tourna les talons, presque décidé à mettre son plan à exécution, mais l'apparition d'une silhouette connue entre deux véhicules de l'autre côté de la route le fit s'arrêter au bout de quelques pas. Il avait été à un cheveu de le manquer. Il retint son zèle malgré la tentation de lui adresser un signe de main, pas question de risquer de se le mettre à dos avant même de lui parler. À être dévisagé avec une telle insistance alors qu'il traversait la voie, il ne faisait pas l'ombre d'un doute à Jack Bellino qu'une discussion l'attendait sur le trottoir.

« Bonjour, monsieur Rizza. C'est bien ça ?

— Oui, bonjour, monsieur l'enquêteur, mais vous pouvez m'appeler Kevin, si vous préférez.

— Entendu, Kevin. Alors, que me vaut l'honneur de vous rencontrer de bon matin ? Mon petit doigt me dit que ce n'est pas un hasard. J'espère au moins que le gobelet dans votre main est pour moi.

— Ah, euh non, je n'ai pas pensé à vous en prendre, pardon. Et oui, je voulais vous voir.

— Je plaisantais mon vieux. Allons donc à l'intérieur, on équilibrera les doses de caféine et on sera mieux installés. » Il accompagna sa phrase d'un geste de la main en direction de l'entrée et commença à marcher.

« En fait, je préférerais qu'on reste ici, ou qu'on trouve un coin plus tranquille. Tiens, dans votre voiture par exemple. Je ne voudrais pas que ce que je m'apprête à vous révéler soit entendu par des habitants trop curieux de nous voir ensemble.

— Car il existe d'autres oreilles plus indiscrètes que les vôtres, Kevin ? Ne me regardez pas comme ça, je vous taquine. Allez, on trouvera bien une table à l'écart. Et de toute façon, à part vous, peu de gens savent que je suis enquêteur. Je peux me faire passer pour un chasseur de fantômes, si ça vous rassure. »

Il s'orienta à nouveau vers le café, sans laisser la possibilité à plus de débats sur le sujet. Le journaliste le suivit à contrecœur. Si ce n'était pas un ordre, ça y ressemblait, mais la situation ne lui donnait pas tellement le choix. Et ce n'était peut-être qu'une habitude de flic en fin de compte. Il resta en retrait, tandis que le policier commandait au bar. Après avoir refusé d'un signe de tête l'offre du serveur qui lui tendait la carafe de café pleine au trois quarts, il marcha derrière Jack et s'assit avec lui à l'une des rares tables encore libres. Celle-ci était située à une distance raisonnable du comptoir, et leurs deux seuls voisins étaient des habitués de l'établissement, installés ensemble dans le dos de l'enquêteur. Leur discussion, ponctuée comme à l'accoutumée d'interjections tapageuses, ne leur laisserait guère l'occasion de les écouter, même par inadvertance.

« Alors mon ami, qu'avez-vous de si important à me dire ? J'espère que ça vaut le coup, je ne voudrais pas gâcher la dégustation de mon café.

– Oui oui, bien sûr. Eh bien voilà, hier, je suis allé au bord du lac, vous savez, le coin dont je vous avais parlé ?

– Ce n'était pas très prudent de votre part de vous y rendre, Kevin. Voilà pourquoi on n'aime pas raconter trop de choses à la presse, on regrette sitôt qu'on vous a fait confiance. En plus, ça ne valait pas le coup. J'y ai fait un tour moi aussi, et je n'ai rien trouvé de très probant, je peux vous le dire.

– Je sais, oui. C'est ce qui s'est passé ensuite qui est important. Au retour, j'ai croisé une voiture, et je crois avoir reconnu notre homme.

– Comment ça, vous croyez l'avoir reconnu ? On n'a aucun renseignement sur lui, ou elle d'ailleurs. Vous ne m'avez pas caché d'autres informations j'espère ? » interrogea-t-il en posant sa tasse sur la table d'une main ferme mais sans faire le moindre bruit. Sa voix se voulait beaucoup moins amicale à présent.

« Non, non, vous n'y êtes pas du tout. » protesta Kevin, plus contrarié qu'inquiet que la discussion prît une telle tournure. « Ma mère, une voisine de la famille Roussel, a vu un type louche dans sa rue l'autre jour. Elle m'a certifié avoir averti la police, donc je ne vous ai rien dissimulé. Je suis sûr que c'est le même type que j'ai aperçu.

— Je suis au courant. Le monde est sacrément petit, dites donc. Vous voulez dire que vous l'avez repéré au volant de son pick-up ?

— Ah non, il ne conduisait pas de pick-up. C'était plutôt un break.

— Alors comment pouvez-vous être certain que c'était lui ? s'emporta-t-il de la voix la plus basse possible.

— C'est simple, j'ai reconnu sa casquette.

— Sa casquette ? Mais on ne peut pas arrêter tous les gens qui portent des casquettes. Vous savez à quoi elle ressemble d'abord, cette casquette ?

— Non, ma mère était trop loin. Mais il avait une barbe, et ça aussi, ça correspond. Et mon intuition me souffle que c'est lui. Je l'ai suivi jusque chez lui, vous savez.

— Mon Dieu, mais vous êtes pire que ce qu'on raconte sur vous, vous le savez ça ? Si on rencontre le pick-up sans la casquette, passe encore, mais l'inverse est beaucoup moins plausible. »

Jack s'ébouriffa légèrement les cheveux avant d'avaler une nouvelle gorgée d'expresso.

« Faites-moi confiance, s'écria presque le journaliste, irrité par le scepticisme excessif auquel il devait faire face. C'était un inconnu, je suis sûr et certain de ne jamais l'avoir croisé. Il portait une casquette bleu clair, ou peut-être grise, ce n'était pas facile à distinguer. En tout cas pas une couleur vive.

— Vous vous rendez bien compte que c'est trop vague, non ?

— Et vous, vous vous rendez compte que vous risquez la vie de cette jeune fille juste sur la réputation que l'on me donne dans cette satanée ville ?

— Ne le prenez pas sur ce ton. Ma sympathie pour vous n'est pas gravée dans le marbre, riposta le flic en pointant son index sur Kevin. Bon, je vois bien que vous n'avez rien d'autre. Je suis désolé, mais je ne peux pas importuner les gens comme ça, pour si peu. Mais voilà ce qu'on peut faire. Vous me filez l'adresse de votre type, là. Si jamais vous vous rappelez un détail supplémentaire, un détail probant, j'entends, on avisera. Prenez ma carte pour me contacter, et donnez-moi votre numéro de téléphone. »

Le reporter s'exécuta. Argumenter davantage aurait été contre-productif. Il prétexta ensuite un rendez-vous pour prendre congé avant qu'un malaise ne s'installât entre eux. Si l'inspecteur n'avait certainement pas été dupe de ce piètre subterfuge, il n'en laissa rien paraître. Il était sans doute soulagé de terminer cette rencontre lui aussi. Kevin rejoignit sa voiture d'un pas abattu, incapable de mettre une idée devant l'autre face au mur qui symbolisait sa situation actuelle. Il quitta le centre-ville pour entamer une longue traversée de la commune.

Il s'agissait d'une habitude de longue date. Un jour où il ne parvenait pas à dénicher le moindre sujet d'article un tant soit peu intéressant, il avait commencé à parcourir les rues et les avenues. Comme si un avion ou pourquoi pas une soucoupe volante allait atterrir, ou mieux, s'écraser dans une ruelle face à lui. Aucun incident de la sorte ne s'était produit, mais il avait tout de même trouvé de quoi étancher sa soif de scoop. Une fumée en provenance d'un petit square situé à l'angle d'une rue, bordé par quelques buissons qui empêchaient d'en découvrir l'origine. Il n'avait pas besoin de plus pour déclencher sa curiosité. Il était descendu et avait rejoint un léger attroupement, formé d'un groupe de cinq jeunes et de deux personnes âgées. Ces dernières accusaient les gamins, comme ils les appelaient, d'avoir délibérément mis le feu à un banc. Les suspects rétorquaient que le siège s'était embrasé seul. Au final, les autorités s'étaient contentées d'un sermon de rigueur, car elles n'avaient découvert aucune preuve pour élucider l'affaire. Dans l'esprit fertile du journaliste, mille théories avaient fusé avant même d'ouvrir son ordinateur pour écrire un article à sensation sur cette mystérieuse histoire. Cette manie ne l'avait plus lâché depuis et aujourd'hui encore, il espérait a minima pouvoir se recentrer sur l'enquête et trouver quoi faire.

Il n'avait pas quitté sa place de parking depuis plus de quatre minutes lorsqu'il entendit la sonnerie de son téléphone. Le numéro n'était pas enregistré. Sa curiosité maladive ne lui laissa pas l'opportunité de juger si répondre était oui ou non la meilleure solution.

« Oui, Kevin Rizza à l'appareil.

– Kevin, c'est moi, Jack. Vous n'avez pas trop attendu, j'espère. Je crois qu'on va avoir besoin de vous en fin de compte. »

24

Claudia Fisher regarda une énième fois la petite goutte de café au fond de son gobelet. Elle exerçait de légers mouvements circulaires pour lui faire décrire des cercles perpétuels, comme une trotteuse improvisée. Ce que cela pouvait être long ! Compte tenu de la situation, elle ne comprenait pas le choix de sa fille. Pourquoi avoir insisté pour procéder à l'élaboration du portrait-robot sans sa présence ? L'enquêtrice elle-même n'y avait vu aucune objection. Julia ne lui avait pas tout dit. Si cette histoire n'était certainement pas inventée de toutes pièces, la conviction que quelque chose clochait grandissait chez la jeune femme.

Elle percevait un malaise chez son enfant, la même sensation qui se dégageait d'elle depuis toujours quand elle vivait des événements qu'elle ne souhaitait pas partager. Si les policiers avaient remarqué ce comportement, ils avaient dû en attribuer la cause à la récente épreuve endurée par l'adolescente. Cet inconnu l'avait-il plus agressée que ce qu'elle avait bien voulu dire ? Avait-elle refusé de rencontrer un psychologue par peur de parler ? Elle savait qu'elle ne tirerait rien de sa fille en la harcelant de questions, elle devrait attendre de la sentir prête à discuter du sujet pour tenter de comprendre.

La porte s'ouvrit enfin. Le sourire de la mère de Julia s'effaça aussi vite qu'il était apparu. Seul le commissaire était entré dans la pièce. Si de son côté elle le reconnaissait sans mal en raison de sa notoriété, l'inverse n'était sans doute pas vrai. Ils avaient eu l'occasion de converser une seule fois, de manière informelle. C'était à l'occasion d'une réunion municipale, où il était question de statuer sur l'avenir de la salle des fêtes de la ville. Monument historique de la commune, sa lente dégradation demandait des travaux conséquents afin de le remettre en état. Le choix d'engager de coûteuses rénovations ou de le détruire pour reconstruire à neuf divisait, et ils avaient participé à cette occasion à une discussion animée avec d'autres habitants. Tous deux partageaient le même point de vue et ils avaient eu toutes les peines du monde à convaincre leurs interlocuteurs de la nécessité de conserver leur patrimoine. Nul doute qu'il ne se souvenait pas d'elle, tant il devait rencontrer sans cesse de nouvelles personnes en raison de son métier.

Elle se rendit compte qu'il la regardait et rougit d'avoir sans doute donné l'impression de le dévisager. La mine surprise, il leva une main.

« Ne vous en faites pas, madame Fisher, votre fille va arriver dans un instant. Elle est allée aux toilettes. »

Elle sourit, soulagée. Elle ne l'avait pas vexé en fin de compte, il s'inquiétait juste pour elle.

« Tout s'est bien passé. Il faut avouer que Julia possède une sacrée mémoire visuelle. On aurait dit qu'elle avait une photo de cet homme gravée dans sa pupille. Madame Barissa, l'enquêtrice que vous avez rencontrée, va vous amener quelques papiers administratifs à remplir. Vous pourrez repartir dès que vous les aurez complétés.

— D'accord, merci. Et pour la suite, que va-t-il se passer ?

— Rien pour vous. Nous vous recontacterons si nécessaire. Si jamais nous arrêtons l'individu dont nous a parlé votre fille, elle devra revenir pour l'identifier. Ne vous inquiétez pas, il ne pourra pas la voir, et nous ne lui dirons rien qui puisse lui indiquer que c'est la déposition de Julia qui nous a permis de le retrouver. Ça peut paraître effrayant, je sais, mais ce n'est pas aussi grave que dans les films. Ah, voilà notre courageux témoin. Merci encore, mademoiselle, ce que tu as fait est très important. Vous allez pouvoir repartir dans une dizaine de minutes.

— Merci à vous. J'espère que comme ça il ne pourra jamais s'en prendre à une autre camarade de classe.

— On va s'en occuper, ma petite. Évite quand même de raconter ça à l'école, tu veux bien ? Ton anonymat ne pourra être préservé que si toi aussi tu n'en parles pas, c'est compris ? Naturellement, il en va de même pour vous, madame. Je vous fais confiance, je me rappelle que vous êtes une femme de caractère. Il est primordial de ne pas ébruiter cet entretien, surtout tant que personne n'a été arrêté.

— Pas de problème commissaire, nous ne tenons pas à mettre Julia plus en danger.

— Très bien. Je vous abandonne ici alors, les papiers vont arriver. »

Patrick Rika franchit la porte, encore surpris par la déposition de la jeune fille. Celle-ci allait permettre de faire un sacré pas en avant dans cette enquête, à n'en point douter. Qu'une enfant de son âge osât se rendre à la police pour raconter tout cela le laissait tout aussi déconcerté. Apparemment, elle n'avait mis sa mère au courant que le matin même, juste avant de venir ici. L'adolescente avait donc eu le courage de prendre cette décision seule. Le commissaire se retourna et dévisagea la porte fermée. Songeur, il commença à gratter sa barbe grisonnante avec sa main droite. Il avait l'impression d'avoir manqué quelque chose, sans qu'il pût en deviner l'origine. Comme s'il avait négligé un détail ou oublié de poser une question importante à Julia. Néanmoins, le temps pressait et ne lui permettait pas de se perdre en hésitations. Malya l'interrompit dans ses réflexions.

« Commissaire, j'étais au téléphone avec Jack. Il a peut-être trouvé quelqu'un qui aurait aperçu notre homme. Il a mis beaucoup de conditionnel dans ses phrases, mais si c'est vraiment le cas, on aurait même son adresse. Je file les documents à la mère de Julia et on s'en occupe. Ils doivent arriver sous peu. »

Toute indécision sortit définitivement de l'esprit de Patrick. Avec un peu de chance, l'affaire pourrait être rapidement résolue, et la petite Annie retrouvée.

25

Une dernière fois, il regarda sa silhouette dans le miroir. La capuche jointe à la cagoule lui fournissait une dissimulation sans faille. Un nouveau coup d'œil à sa montre avant d'enfiler ses gants lui confirma que la nuit allait bientôt prendre fin. D'habitude, il tâchait de toujours repartir avant les premières lueurs de l'aube, mais il n'avait pas le choix aujourd'hui. Un petit tour en bas s'avérait nécessaire. Ensuite seulement rentrer chez lui. Il emprunterait en toute discrétion le chemin devenu si vite routinier pour lui, en raison des multiples allées et venues dont il devait s'affranchir.

D'un mouvement spontané, à la limite du tic, il passa sa main dans le bas de son dos pour vérifier la présence de son couteau. Arrivé à la cuisine, il se saisit du plateau-repas et s'approcha de la porte située à côté du frigidaire. L'escalier derrière celle-ci était l'unique voie d'accès vers la pièce du niveau inférieur. Il déverrouilla le cadenas et descendit à pas lents et sourds, avec l'espoir de la trouver une nouvelle fois réveillée. Leur première confrontation était survenue la veille. Elle avait feint de dormir à plusieurs reprises déjà, il en aurait mis la main à couper. Il aurait pu la secouer pour la forcer à réagir, mais il préférait encore l'imaginer en train de retenir sa respiration pour ne pas se faire remarquer.

Hier soir avait été différent. Peut-être qu'elle n'avait pas eu le temps de se préparer, ou bien tout espoir avait fini par s'envoler et elle avait estimé que cela ne servait plus à rien en fin de compte. Pas un mot prononcé de son côté. Il s'était contenté de lui déposer son repas, puis de reculer et de la jauger. Il avait attendu sa réaction. Celle-ci avait été plus longue à venir que prévu. Après avoir détourné les yeux durant les premières minutes, elle l'avait fixé d'un regard apeuré. Une vingtaine de secondes s'étaient écoulées ainsi, puis il avait viré au noir. Le masque lui avait permis de cacher à la fois son étonnement et sa satisfaction. La suite avait été d'autant plus jubilatoire. Finalement, elle avait craqué. Cela se passait toujours de cette manière. D'abord de timides pleurnicheries, puis des jérémiades lui demandant des comptes, la raison de l'avoir choisie elle, le but de tout ceci. Ensuite, les suppliques implorant de la laisser partir, qu'elle ne pourrait de toute manière rien dévoiler. Enfin les larmes. Cette dernière partie l'avait ennuyé plus vite que prévu. Agacé de ne pas l'avoir vue lutter plus longtemps avec son éphémère hargne, il l'avait abandonnée, tremblante et sanglotante, sans avoir décroché le moindre mot de son côté. Ça aurait tout gâché, il le savait bien.

Ce matin, ce serait différent. Il tourna la clé dans le verrou et attendit un petit moment. Autant pour faire monter la peur chez sa captive que pour lui laisser l'opportunité de simuler un nouveau sommeil. Une fois fini, il devrait rejoindre son domicile sans perdre de temps.

26

Se suivant de près depuis leur départ, les trois voitures se garèrent en file indienne au bord du trottoir. Pour la discrétion, on repasserait, pensa Jack en regardant dans son rétroviseur le mini cortège s'arrêter à son tour. Il ne pouvait pas en vouloir à ses collègues locaux, ils ne devaient guère avoir l'habitude de ce type d'opération dans leur quotidien. Il les enviait presque d'avoir choisi ce genre de poste.

Un quatrième véhicule stoppa, plusieurs mètres en arrière. Bien, ce satané journaliste avait suivi la consigne. Ils savaient tous que l'empêcher de venir couvrir l'événement serait impossible, à moins de l'enfermer ou de le retenir au commissariat. Sa partenaire en avait émis l'idée elle-même, sans aucun signe d'humour, mais les autres n'avaient pas accepté. Jack s'était porté garant de son bon comportement et l'avait briefé avec fermeté. Celui qu'il pouvait presque qualifier à présent d'indic avait alors reçu l'autorisation de les suivre, mais sans jamais se trouver sur leur passage, c'est-à-dire toujours rester au moins vingt mètres en retrait. Et si l'action se dirigeait vers lui, qu'il dégage. Kevin avait semblé sincère en acquiesçant à tous les ordres et recommandations de sa part. Ils lui devraient quand même une sacrée chandelle si le suspect s'avérait bien être l'individu qu'ils cherchaient, et l'inspecteur n'était pas homme à oublier. Selon lui, cela méritait bien un léger passe-droit. Cela serait sans conséquence. Et commençant à davantage connaître et cerner l'énergumène, mieux encore valait l'avoir à portée de vue.

Jack et sa partenaire sortirent sur le trottoir, bientôt imités par les passagers des autres automobiles. La troisième démarra ensuite et parcourut la rue pour se poster plusieurs mètres après l'allée de la maison ciblée. En cas de besoin, les conducteurs pourraient barrer la route ou au pire prendre en chasse le fuyard. Les policiers se rendirent jusqu'au numéro indiqué par le journaliste. Pas question ici d'attaquer de front, ce n'était certes pas une visite de courtoisie, mais aucune preuve ne pouvait établir avec certitude la culpabilité de leur unique suspect. Autant éviter une bévue d'entrée de jeu, une erreur judiciaire pourrait empêcher l'arrestation, voire le sauvetage de l'adolescente.

Malya menait le groupe d'un pas décidé. D'abord réticente à l'égard de cette piste, le recoupement de toutes les informations ne pouvait être ignoré. Elle travaillait depuis suffisamment longtemps pour ne pas croire aux coïncidences. Mais ce qui avait fini de la convaincre était le trouble manifeste de la jeune fille.

Elle avait pu sentir sa détresse durant son récit et aussi lorsqu'elle avait eu un violent mouvement de recul, au moment où l'enquêtrice lui avait touché la main dans le but de la rassurer. Ce n'était pourtant pas dans ses habitudes d'être tactile avec des témoins, même avec les plus jeunes, mais elle avait posé sa main sur celle de l'enfant presque par instinct. Elle s'était excusée immédiatement après avoir aperçu son regard hagard et avait même cru un instant l'avoir perdue. Ils n'avaient pas encore réalisé le portrait-robot à ce moment, la déposition tout entière aurait pu être gâchée par son geste. Elle s'était ensuite contentée de se montrer bienveillante durant le reste de leur entretien.

Puis tout était allé très vite. Le journaliste était arrivé avec Jack presque dans la foulée. Associer le signalement de l'adolescente avec leur nouveau témoignage ne leur avait pris que peu de temps. Après une brève mais indispensable déposition légale, ils avaient traversé la ville à l'allure la plus rapide possible sans enclencher les gyrophares.

Ils s'engagèrent dans l'allée sans précautions. Aucune voiture en vue devant la maison, mais elle pouvait très bien se trouver derrière une des deux portes de garage en façade. Rien ne semblait bouger au niveau des diverses fenêtres visibles, même si les reflets et la distance empêchaient toute certitude.

Malya se retourna un instant au passage d'un véhicule

dans la rue. Elle revint très vite à l'observation de l'habitation, surprise par son inhabituelle distraction. Elle s'approcha de l'escalier qui menait à la porte d'entrée, toujours en tête, et commença à en gravir les marches. Elle s'interrompit à peu près au milieu de sa montée, alertée par des bruits de voitures qui démarraient en même temps. Tous se regardèrent un bref instant, certains d'avoir manqué quelque chose d'important. La voix grésillante sortant d'un talkie-walkie les renseigna vite.

« Le journaliste a repéré notre cible en voiture. Il vient de passer devant nous. On le suit. Doit-on tenter de l'arrêter ? »

Malya se saisit de la petite radio de la main d'un policier.

« Restez derrière lui, et ne le perdez pas de vue ! Si jamais il montre le moindre signe de vouloir vous fausser compagnie, stoppez-le. On vous rejoint. »

27

Sans le vouloir, ses déambulations l'avaient amenée devant la petite épicerie où elle se rendait régulièrement dans le seul but de s'acheter un pastel de nata. Chaque jour, une petite dizaine de ces pâtisseries portugaises attendaient sans faute les amateurs dans une petite boîte en verre posée sur le comptoir, et ils étaient nombreux. Le vieux Bill les préparait lui-même, en souvenir de son pays natal. Si la plupart des habitants de la commune faisaient référence à lui en employant ce surnom, c'était que peu connaissaient son véritable patronyme.

Julia n'avait guère d'appétit pour ce petit plaisir habituel ce matin. Elle adressa un léger signe de main en direction du propriétaire lorsqu'elle croisa son regard, hésita, et pour finir se laissa glisser sur le banc adossé à la boutique. Installée ici, il risquait de lui arriver ce qu'elle voulait éviter le plus en cet instant, rencontrer du monde. Pourtant, pour une raison inexpliquée, elle s'était sentie attirée par le lieu.

Son téléphone dans le creux de la main, elle tergiversait à envoyer le message affiché à l'écran. Elle l'avait rédigé machinalement, comme elle aurait parlé d'un événement tout à fait banal, mais appuyer avec son pouce sur le petit bouton lui demandait tout à coup un effort colossal. Même après avoir tout raconté à sa mère, puis à la police, elle avait l'impression que prévenir son amie serait l'élément qui rendrait tout ceci réel. Il était pourtant déjà trop tard pour regretter, tout était enclenché. Au vu de l'agitation qui régnait au commissariat à leur départ, ils devaient tenir une piste solide. Alors pourquoi tant d'hésitation, Christine avait bien insisté pour être mise au courant dès que possible. Elle lui devait bien ça, d'ailleurs. Sans elle, pas sûr qu'elle aurait eu le courage de faire ces démarches.

Après plusieurs phrases textuelles échangées, son amie l'avait convaincue du bien-fondé de son entreprise. Bien entendu, elle avait tu la vision à son sujet, mais le simple fait d'évoquer la présence d'un homme la suivant et la harcelant avait suffi. Sa camarade avait sans doute dû ressentir la peur d'être agressée à son tour. Le lendemain, Julia s'était levée plus tôt qu'à l'accoutumée afin d'avoir le temps de prévenir sa mère et de se rendre au poste de police dans la matinée. Elle avait préféré ne pas la mettre au courant le soir même, par peur des discussions interminables qui auraient succédé à cette révélation. Sa mère se montra toutefois peu loquace. Loin de la bombarder de questions sur les détails de son histoire, elle l'avait écouté d'une oreille attentive sans l'interrompre. Au terme de son récit, elle avait acquiescé à sa proposition de prévenir les autorités. Seules quelques phrases de réconfort avaient rompu le silence durant leur trajet en voiture. Pour un peu, elle aurait juré que sa mère était au courant de ses visions et de leur contenu.

Elle leva le nez à l'horizon et aperçut la ruelle en face d'elle. Des souvenirs lui revinrent, si récents et néanmoins semblant si lointains. Cette rencontre d'apparence si anodine qui avait conduit à cette matinée. La jeune fille se demanda si son pouvoir se serait manifesté à une autre occasion, si jamais elle n'avait pas croisé la route de cet homme. Elle aurait pu passer une vie entière avec cette faculté en sommeil au fond de son être. Elle ne savait pas trop ce qui serait le plus regrettable entre les deux. Cela aurait tout aussi bien pu mal se terminer pour elle cet après-midi-là. Ne jamais parler à un inconnu, cette maxime fondamentale que l'on martèle aux enfants dès qu'ils ont l'âge de la comprendre lui faisait un écho tout autre à présent. Elle revit la scène défiler dans sa tête et s'échina à se remémorer chaque phrase prononcée, pour ne pas perdre la moindre partie de leur conversation. Elle se rappela pour la première fois avoir regardé en direction du banc où elle se trouvait actuellement. Deux camarades de classe y étaient assises. L'une d'elles n'était-elle pas Christine ? Malgré ses efforts, elle ne pouvait en avoir la certitude. Peut-être que ce Paul l'avait prise pour cible dès le début, avant de jeter son dévolu sur Annie pour une raison quelconque.

Elle décida de partir, autant frustrée par les limites de sa mémoire que de plus en plus mal à l'aise face à l'allée. Sans savoir à l'avance si elle poursuivrait sa promenade ou si elle rentrerait chez elle, elle se leva en prenant appui sur l'accoudoir dont le bois usé par le temps et les intempéries ne donnait pas l'impression de grande solidité. Si celui-ci avait craqué sous la simple pression de sa main et l'avait laissée choir, il n'aurait pas provoqué un choc beaucoup plus fort que ce qu'elle ressentit lorsque les images se superposèrent à la réalité. Elle revint à elle debout, surprise d'avoir fini son mouvement pendant la durée de sa vision. Christine était donc bien une des deux filles assises sur le banc quelques jours plus tôt. La scène imprégnée dans son esprit expliquait beaucoup de choses. La deuxième adolescente n'était autre que Annie. Paul n'agissait pas par hasard. Depuis le début, il avait prémédité de s'attaquer à ces deux jeunes filles.

Cette nouvelle vision lui rappela celle reçue lors de son entrevue avec l'enquêtrice. Celle-ci lui était apparue dans un amas confus de séquences successives. D'abord dans un bâtiment, puis dans un espace boisé à l'extérieur, un parc ou peut-être une forêt, où la femme avait l'air de poursuivre quelqu'un. D'autres encore qu'elle ne comprenait pas.

Le dernier fragment de sa prémonition s'était révélé le plus troublant. Face à face, la policière semblait lui dire ou lui demander quelque chose d'extrêmement important. Incapable de lire sur les lèvres et sans paroles pour accompagner ses hallucinations, elle ne put en deviner le contenu. Son pouvoir évoluerait peut-être avec les années pour lui procurer la faculté d'entendre en plus de voir, songea-t-elle avec un soupçon d'enthousiasme.

Son entrain déclina au moment de réfléchir au sens à donner à cette vision. L'hypothèse que l'affaire ne fût pas finie pour elle, et qu'au contraire elle allait devoir affronter de nouveaux dangers n'était pas à exclure. Elle considéra aussi une autre éventualité. Cette prémonition pouvait correspondre à un futur alternatif, un futur où elle n'aurait pas apporté son faux témoignage. Toute vérification était impossible.

Ses pensées s'interrompirent. Une goutte venait de

tomber sur ses lèvres. Avant même d'y prêter attention, elle reconnut le goût métallique dès l'instant où sa langue entra en contact avec le liquide. La main qu'elle porta à ses yeux après l'avoir frottée sur sa bouche lui fournit une confirmation inutile. Du sang. Il s'écoulait depuis son nez, elle le sentait à présent. Après avoir fouillé sans succès le contenu de ses poches, elle s'essuya autant que possible avec le bas de son t-shirt. Mieux encore valait affronter les regards interrogateurs des passants que d'acheter des mouchoirs à la supérette et risquer une discussion avec le vieux Bill. Par chance, l'effusion avait été brève et il ne restait que quelques traces rouges au-dessus de sa bouche.

Elle considéra l'état de son haut bleu. En fin de compte, les marques laissées sur celui-ci n'étaient pas si choquantes. Elle frotta sa peau de la paume de sa main pour terminer son nettoyage sommaire. Satisfaite de ne plus voir d'indices visibles de son incident depuis la caméra de son téléphone, elle prit le chemin de la maison.

28

Le vitrage sans tain qui couvrait une grande partie du mur opposé lui renvoyait une mine peu reluisante. Son manque de sommeil apparaissait clairement, comme si on avait dessiné des cernes sous ses yeux tel un maquillage un peu trop grossier. Un coup de barre soudain s'empara de lui. Il aurait aimé pouvoir se passer de l'eau sur le visage, mais il ne devait pas trop compter sur ses hôtes pour accéder à ce genre de requête. Il repensa au moment où il avait décidé de se garer, lassé d'être suivi par les policiers. Il n'allait pas tout compromettre à cause d'une bête course-poursuite qu'il était assuré de perdre.

Dans un premier temps, il ne s'était pas arrêté devant sa maison. Il imaginait que la chance lui souriait quand il avait aperçu ce curieux attroupement s'engager dans son allée, alors que lui-même se trouvait au bout de la rue. Il était passé en jetant un bref coup d'œil puis avait poursuivi sa route. Juste le temps pour lui de se réjouir qu'une voiture lui avait emboîté le pas. Pas naïf au point de croire à une bête coïncidence, il avait continué de rouler en changeant de direction à intervalles réguliers. Certain d'avoir été pris en chasse, il avait choisi l'option de mettre fin à son parcours dans un parking de supermarché. Il avait immobilisé son véhicule assez loin de l'entrée du magasin, dans une zone vide de tout autre témoin. Autant éliminer le risque de croiser des habitants lors de son entretien.

Il était descendu comme si de rien n'était, faisant mine de ne pas remarquer la voiture qui finissait de se garer sur la place située juste devant la sienne. Une femme et un homme l'avaient interpellé. Habillés en civil, leur appartenance aux forces de l'ordre ne faisait aucun doute. Sans détour, mais sans montrer aucune forme d'agressivité, ils lui avaient demandé s'il voulait bien attendre leurs collègues, lesquels désiraient seulement s'entretenir avec lui quelques instants. En réalité, cette requête ne souffrait d'aucune contestation et Franck avait acquiescé sans faire de vague. Il avait patienté pendant plusieurs minutes, pendant lesquelles il avait cherché quels indices avaient pu les conduire jusqu'à lui, sans parvenir à trouver un raisonnement suffisant pour l'interpeller de la sorte. Sans surprise, les deux enquêteurs qu'il avait repérés quelques jours plus tôt étaient arrivés.

« Monsieur Paul Baronier, enfin quel que soit votre nom, nous aurions quelques questions s'il vous plait. »

Ça commençait mal. Où avait-elle été dénicher son faux nom ? Il y avait eu recours de temps à autre, donc une personne qu'il avait rencontrée était allée leur dire quelque chose. Pas la peine de nier la vérité, ça ne les ferait que se méfier davantage de lui, si cela était encore possible.

« Je ne m'appelle pas Paul, mais Franck Malis. Puis-je savoir qui vous a mal informé ? tenta-t-il.

— Ça ne vous regarde pas, monsieur Malis, mais moi, ça m'intéresse de connaître la raison pour laquelle vous utilisez un nom d'emprunt. Ce n'est pas très courant comme pratique.

— Et bien, j'aime ma tranquillité, surtout lorsque je voyage. Avec internet et tous les réseaux sociaux, on peut facilement trouver beaucoup de renseignements sur tout le monde, et ça me dérange, voilà.

— D'accord, tant que vous vous êtes contentés de l'employer à des fins personnelles, vous n'avez pas enfreint la loi. Passons, nous souhaiterions vous interroger en tant que témoin dans une affaire en cours. Nous pouvons échanger ici, mais ce serait peut-être plus commode au commissariat.

— Je ne vois pas en quoi je pourrais vous aider, mais je vous suis. »

Ils étaient ensuite partis en direction du central, sa voiture bien entourée par les véhicules de police pour lui ôter l'éventuelle idée de fuir. Après l'avoir emmené dans cette pièce, ils l'avaient laissé seul. Il patientait depuis douze minutes, certain que plusieurs paires d'yeux l'épiaient et analysaient ces moindres faits et gestes. Il décida d'attendre la barre des vingt minutes avant d'appeler. Autant profiter du temps à sa disposition pour réfléchir aux questions qu'ils lui poseraient. Que pouvaient-ils avoir trouvé contre lui ? La personne qui les avait renseignés sur son pseudonyme avait dû leur dire quelque chose de sacrément intéressant. S'il avait employé ce prénom de façon plutôt fréquente, il avait très peu utilisé le nom, au point qu'il aurait presque pu se tromper au moment de s'en servir. Peut-être que l'interrogatoire lui donnerait une ou deux pistes sur l'identité du responsable. Car malgré les apparences officielles et leur courtoisie, c'était bien de cela qu'il était question.

La porte s'ouvrit sur les deux enquêteurs. Enfin. Franck espéra que l'entrevue ne prendrait pas toute la matinée, que pouvaient-ils avoir pour le retenir de toute façon ? Rien, c'était certain. Et il avait encore à faire aujourd'hui, le temps pressait dorénavant.

29

Un silence pesant s'était abattu sur les deux jeunes filles, sans que l'une ou l'autre parût savoir comment y mettre un terme. Julia cherchait une nouvelle information à transmettre à sa camarade, laquelle avait tant insisté pour être prévenue dès la fin de son entretien avec la police. Ce qui pouvait se comprendre. Son amie s'était retrouvée embarquée dans son aventure par la force des choses, la voir aller aux nouvelles était tout sauf étonnant, ne serait-ce que pour se rassurer. Julia culpabilisait de ne pas avoir eu la force de gérer la situation seule. Après ce début de matinée, son mensonge avait presque disparu de son esprit, mêlé aux faits réels du reste de son histoire. Assise sur un banc en pierre blanche et adossée contre le mur de l'église, elle se demandait si les passants remarquaient leur malaise. Peut-être ne les considéraient-ils que comme de banales lycéennes, dont le principal passe-temps se bornait à traîner dehors, sans énergie.

« Et tu penses vraiment qu'ils ont assez de preuves pour arrêter ce mec ?

— Je sais pas, Chris'. Mais quand on est parties avec ma mère, la femme qui m'a interrogée est sortie en trombe avec plusieurs autres gars. Ils avaient l'air pressés.

— Si jamais ils t'appellent pour t'en parler, tu me dis hein ? implora l'adolescente d'une voix autant troublée qu'insistante.

— Oui, bien sûr. » Son ton se voulait rassurant, mais elle-même ignorait si on la mettrait au courant. L'enquêtrice ne lui avait rien dit.

« C'est cool qu'on ait pu se voir, reprit Christine après

quelques instants. Je pensais que tu serais restée chez toi après tout ça.

— Ma mère aurait préféré, elle est trop inquiète maintenant, mais j'avais besoin de ne pas être enfermée entre quatre murs, pas tout de suite. J'ai réussi à négocier de pouvoir sortir en pleine journée, mais plus question pour moi de traîner dès que la nuit tombe avant un moment.

— Normal. La mienne doit venir me chercher dans pas longtemps au fait, mais on pourra papoter par téléphone si tu veux. D'ailleurs, t'inquiète pas, j'en parle pas aux filles, tu peux me faire confiance.

— C'est gentil, merci. »

Une discussion décousue s'ensuivit entre les deux amies, où elles abordèrent quelques sujets banals sans s'y attarder plus de quelques minutes. Elles passaient plus de temps à se taire qu'à bavarder et semblaient toutes deux se satisfaire de ce calme. Une rencontre inopinée vint tout bouleverser.

« Ce type, là, dans la voiture, c'est lui ! »

Christine eut tout juste le temps de relever la tête à hauteur du véhicule roulant de l'autre côté de la rue. Son regard croisa celui de l'homme. De ses yeux sombres, il la fixa un bref instant avant de disparaître.

Les questions bouillonnaient dans le cerveau de Julia. Les policiers ne l'avaient-ils pas arrêté en fin de compte ? S'étaient-ils trompés de type, ou bien ne l'avaient-ils juste pas encore trouvé ? Il pouvait aussi être en cavale, mais dans ce cas, qu'allait devenir Annie ? Perdue, elle se tourna vite vers son amie et y perçut toute sa peur.

Christine demeurait interdite, son regard toujours porté sur l'arrière de la voiture déjà loin à présent. Julia s'en voulait tellement d'avoir mis au courant sa camarade. Rien ne se passait comme prévu. Pour attirer son attention, elle lui saisit l'épaule avec fermeté. À l'instant où le choc se produisît dans sa tête, elle comprit que cela survenait à nouveau. Elle avait presque eu l'impression d'anticiper le phénomène physique annonciateur de sa vision. Pour le moment, elle n'y prit pas garde, trop déstabilisée par ce nouveau présage. Sinistre fut le premier mot qui lui vint à l'esprit pour le décrire. Rien n'avait changé alors ? Au contraire, à présent, elle avait vu une Annie terrorisée, face à ce qui ne semblait augurer qu'un funeste futur. Une horrible question s'invita dans les pensées de Julia. Avait-elle modifié l'avenir et précipité la mort de son amie ? Au moment de les croiser, l'homme les avait toisées avec insistance. Et la surprise qu'elle avait lue sur son visage au départ avait eu tôt fait de se transformer en une marque claire d'hostilité, voire de haine. Jamais elle n'aurait pu déceler une telle colère chez cet homme lors de leurs précédentes rencontres. Il se révélait enfin. Elle n'avait plus de regret à avoir concernant sa récente dénonciation.

Elle appuya fort sur sa tempe, avec le maigre espoir d'atténuer le martèlement dans son crâne.

« C'est lui, l'homme que tu as dénoncé ? »

La voix de sa camarade était posée, quoiqu'empreinte d'une sensation d'effarement. Le choc sans doute. Elle se sentait incapable de la rassurer.

« Oui, c'est lui. Pardon, je n'aurais pas dû te crier dessus comme ça, tu n'avais pas besoin de le voir. Tu sais, la police va sûrement bientôt l'arrêter, ne t'inquiète pas.

— Non non, enfin oui, tu as raison. Et autant que je connaisse sa tête. Si jamais il reste en liberté, je pourrais au moins l'éviter. »

Sa voix tremblait, Julia ne manqua pas de le remarquer. Au vu de la situation, elle pouvait déjà s'estimer heureuse. Son amie aurait pu tout aussi bien céder à la panique. Elle avait pensé un instant partager le secret de son pouvoir, au moment où elles s'étaient posées toutes les deux sur le banc. À voir Christine garder son sang-froid avec tant de difficulté, elle y renonça. Elle accueillit avec soulagement l'appel de phare lancé à une centaine de mètres d'elles. Elle répondit avec autant de légèreté que possible au salut amical de la mère de sa camarade lorsque la voiture bifurqua pour se garer du côté de leur trottoir.

« Bon, salut.

— Salut. »

Aucune d'elles ne trouva autre chose à dire. Julia la regarda rejoindre son véhicule. La voir s'éloigner lui fit prendre une décision. Si ses prémonitions lui avaient permis de démasquer le coupable, elle devait à présent chercher un moyen pour provoquer son arrestation. La vie d'Annie ne tenait qu'à un fil. Christine se retourna pour lui adresser un dernier au revoir. Son visage perdit soudain de la netteté, puis le phénomène se répandit tout autour d'elle. Une image se superposa à la scène jusqu'à la remplacer en totalité. Le sang de l'adolescente se glaça. Elle osait à peine comprendre la tragédie qu'elle observait. L'aperçu du futur dura un bref instant, puis céda à nouveau sa place à la réalité. Julia balbutia un second salut peu convaincant à l'intention de son amie, laquelle se contenta de sourire en guise de réponse avant de disparaître à l'intérieur de l'habitacle. La voiture démarra dans la foulée.

La jeune fille resta debout, interdite. Elle s'était levée sans même s'en rendre compte. Pour la première fois, elle avait vu le coupable en action. Et ce n'était pas tout. Ce n'était pas avec sa captive qu'il luttait, il s'en prenait à quelqu'un d'autre. Elle. Loin d'accorder la moindre importance au danger qui l'attendait, les pensées de Julia étaient concentrées sur une seule et unique chose. Cela voulait dire qu'elle pouvait encore sauver Annie, qu'elle trouverait un moyen de la retrouver et de la tirer de là. Maintenant, elle devait agir, vite.

Elle renifla. D'une main sujette à de légers spasmes qu'elle ne remarqua pas, elle attrapa un petit carré blanc et se moucha. Elle le replia ensuite d'un geste machinal et le rangea dans sa poche, sans prêter attention à la couleur rouge imprégnée dans le tissu.

30

« Je persiste à dire qu'on n'aurait pas dû le lâcher d'une semelle.

— N'insistez pas, madame Barissa. C'est encore mon commissariat, et je ne vais pas demander à l'un de mes hommes de suivre à la trace un individu, alors que nous ne possédons aucune preuve contre lui. Il pourrait même le retourner contre nous et nous accuser de harcèlement.

— La bonne affaire. Votre homme, comme vous dites, aurait pu le surveiller de loin, au cas où il nous amènerait vers sa planque. Vous avez bien dû remarquer qu'il n'était pas clair, ça se voit comme le nez au milieu de la figure qu'il est louche, bordel.

— Pas la peine de t'enflammer, Malya. Louche ne veut pas dire coupable. Même si je n'ai pas aimé son ton un peu trop sûr de lui, on n'a rien. » Jack essayait de calmer sa partenaire. À ce rythme, leur relation avec les locaux risquait de s'envenimer, et ils n'avaient surtout pas besoin de ça à présent.

« C'est pour ça qu'il ne fallait pas le laisser filer. Je pensais que vous aviez mis un type sur le coup, commissaire, sinon nous nous en serions chargés et nous ne serions pas là à perdre notre temps. Tu es sûr que tu n'as rien loupé dans sa maison ?

— Tu me prends pour qui ? Nan, j'en suis certain. Il n'y avait pas grand-chose à fouiller de toute manière, c'était presque vide, ce qui n'est pas forcément anormal pour une location meublée. Pas étonnant qu'il ait accepté qu'on visite son domicile sans faire d'histoires. Même s'il est coupable, il a été suffisamment malin pour avoir deux résidences à sa disposition.

— Bon bon, je te fais confiance, excuse-moi. Tu me connais. On a eu l'autorisation d'interroger ses banques. On verra bien si on trouve des traces de paiement pour une deuxième habitation, ou toute autre information intéressante permettant de le faire arrêter cette fois. Commissaire, est-ce que nous pouvons au moins mettre un policier de faction devant son domicile, afin d'être au courant de ses allées et venues ?

— Oui, on peut faire ça. Je sais déjà à qui je vais confier cette mission. Elle vous préviendra directement à chaque fois qu'elle remarquera un fait inhabituel, ça évitera de perdre du temps. Je vais aussi vous donner son numéro de téléphone pour l'appeler en cas de besoin. Autre chose ?

— Non, merci. Je vais prendre contact avec la police de la ville où habite ce Franck Malis. Qui sait, il est peut-être connu là-bas. Jack, essaie de joindre le proprio de la baraque. Je ne pense pas qu'ils aient beaucoup papoté ensemble, mais bon. Ah si, Patrick ! Euh, désolé de vous avoir appelé par votre prénom, commissaire. Pas la peine de sourire bêtement Jack, je te vois dans mon dos, il y a une glace en face de nous. Finalement, j'aurais besoin d'un de vos gars. L'histoire qu'il nous a sortie sur son changement de voiture, comme quoi il trouvait son pick-up trop gros pour circuler en ville. Ça ne m'a pas plus convaincu que ça. Il faudrait localiser le garage ou le magasin où il est allé pour savoir si le 4x4 avait des rayures, des dégâts, ou un autre détail inhabituel.

— Pour ça, je peux aider, intervint l'enquêteur. J'ai vu les papiers de ses deux locations. Je les ai pris en photos.

— Bien joué, Jack. C'est OK pour nous, je pense. Ah si, une chose encore. Prévenez votre service téléphonique de m'avertir au moindre témoin qui passe un coup de fil sur notre affaire, même s'il a douze ans.

— Bien sûr. » Patrick Rika rendit son sourire à l'enquêtrice, sans trop savoir si elle plaisantait ou non sur ce dernier point. « Bon, je pense que tout est dit, levons le camp. On a du pain sur la planche si on veut trouver des preuves contre notre homme.

— Et pour lui remettre la main dessus. Allez, Franck, on

décolle. »

31

Le moteur de la voiture continuait de ronronner sur le bord du trottoir. Franck s'était pourtant garé plusieurs minutes auparavant, après un demi-tour qui lui avait demandé trois manœuvres, autant en raison de la rue exiguë que par son propre ébranlement. Une fois n'était pas coutume, il ne prêtait aucune importance aux passants qui auraient pu jeter un coup d'œil en direction du pare-brise. Il hésitait toujours. Revenir sur ses pas et s'approcher des gamines ? Repartir dans l'autre sens vers sa direction initiale ? Ou encore continuer d'attendre ici ?

Cette fille, ou plutôt ces deux filles ensemble, ce n'était pas un hasard. Cela avait forcément un lien avec sa récente confrontation avec les forces de l'ordre, mais lequel ? Si elle leur avait dit quelque chose de probant, les enquêteurs l'auraient interrogé sur le sujet. Et surtout, ils ne l'auraient pas relâché si vite dans ce cas. Mais alors quoi ? Il se maudit de ne pas avoir été plus prompt à agir. D'accord, il avait vu de la stupéfaction dans son regard, peut-être un petit peu de peur pour la première fois. Mais l'éphémère stupeur maintenant passée, la gamine se tiendrait sur ses gardes, la coincer par surprise serait d'autant plus difficile à l'avenir.

Il devait réviser ses plans. Il avait toujours prévu de s'occuper de son cas à la fin d'une journée, créneau plus propice à l'absence de témoins, mais sans succès jusqu'à aujourd'hui. Il l'avait pris en filature maintes fois, mais elle restait généralement dans des rues un peu trop animées. Et lorsqu'elle s'aventurait dans certains quartiers moins fréquentés, un passant venait immanquablement traîner dans les parages pour le faire hésiter à agir. Il devait se faire une raison. Au vu des récents événements, il devrait saisir la moindre opportunité pour l'attraper en plein jour, le temps pressait. Dans le cas contraire, il faudrait tout recommencer, peut-être même avec un autre enfant dans le pire des scénarios. La situation pouvait déraper à tout moment. Mais la priorité restait Annie.

Il leva la main pour enclencher le clignotant. Il s'inséra dans la circulation peu dense et roula jusqu'à apercevoir le banc. Après tout, il avait opté pour un modèle et une couleur de voiture assez communs justement pour ce genre de cas de figure. Il ne risquait pas de se faire repérer d'aussi loin. La chance était cette fois de son côté, les deux filles n'avaient pas bougé d'un iota. Il n'avait plus qu'à attendre. Impossible d'agir tant qu'elles ne se sépareraient pas, cela allait de soi. Mais compte tenu de la situation, elles pourraient très bien vouloir rester ensemble pour éviter de se balader en ville en solitaire. Son incertitude ne dura pas. Une voiture rouge s'arrêta quelques mètres devant le banc et le masqua. Lorsqu'elle repartit un instant plus tard, une seule adolescente était encore présente.

32

« Tiens, tu ne fais pas semblant de dormir cette fois ? Moi qui fais exprès du bruit avant de descendre pour te donner une chance d'éviter toute confrontation. Remarque, tu as peut-être des questions qui te brûlent les lèvres non ? Vas-y, je t'en prie. »

Annie ne bougea pas. Assise sur le lit, sa jambe non blessée repliée contre sa cuisse, elle espérait pouvoir garder cette position pendant la durée de leur rencontre, une des rares postures où elle n'éprouvait aucune douleur. Elle se contentait d'examiner son interlocuteur, sans pour autant posséder encore la force mentale suffisante pour lui adresser un semblant de regard noir. Masquer sa confusion était déjà bien assez. Les marches en bois du petit escalier grincèrent sous le poids du ravisseur.

« Tu n'as rien à dire alors ? Tu as dû te poser mille questions depuis que tu as vu mon visage, ne serait-ce qu'un simple pourquoi. C'est toujours comme ça quand on découvre la tête de son agresseur, qu'on le connaisse ou non. Je serai ravi de te l'expliquer, mais seulement si tu en exprimes le désir. Je ne t'ai pas coupé la langue. Bon, je vais examiner ta plaie, elle avait vraiment une sale gueule la dernière fois. J'avais prévu de passer un peu plus tôt, mais j'ai eu à faire avant. Pas de bêtises, hein, ne tente pas quelque chose que je te ferai regretter. Tu n'as pas la force pour ça. »

Il mit en pause le début de ce fatigant palabre une fois arrivé au bord du lit. Annie continuait de fixer les yeux en face d'elle sans même cligner des paupières, comme si elle était à la recherche d'une révélation qu'elle ne voulait pas entendre de la bouche de l'autre. Ce fut lui qui détourna le regard le premier. Il se pencha pour examiner le membre meurtri. Contre toute attente, il sortit une clé de la poche ventrale de son blouson noir et déverrouilla le bracelet de fer. Il souleva son pied, sans douceur ni brutalité, puis enleva l'entrave. Ignorant sa prisonnière, il détacha la chaîne du lit et retourna en direction de l'escalier. Des deux mains, il la jeta tout en haut et revint vers elle.

Annie retint son souffle. Ce changement dans sa détention ne présageait rien de bon. De près, son kidnappeur ne paraissait pas aussi serein que le timbre de sa voix pouvait laisser croire. On aurait presque pu imaginer qu'il agissait sous la contrainte. Vu sa position, elle ne pouvait espérer tirer un quelconque avantage d'une variation d'humeur ou d'état d'esprit de son agresseur.

« Bon, ça ne donne pas envie de vomir, mais c'est pas joli joli. Ta jambe n'est pas irrécupérable au moins. Enfin je pense, je suis pas toubib moi. Remarque, pour ce que tu peux en faire, c'est pas vraiment important. »

Annie se sentait écrasée par cet accablant monologue. Chaque phrase, chaque mot prononcé venait l'oppresser et lui ôter un peu plus l'espoir de lutter pour sa survie. Même son stress apparent le rendait plus angoissant. Il sortit d'une poche ce qui devait être une espèce de désinfectant.

« Attention, ça va piquer. »

Il accompagna son avertissement d'un sourire pas loin d'être sadique avant de projeter une grande quantité de spray sur sa plaie. Annie ne put réprimer un cri mais garda les lèvres fermées. Le petit couinement de douleur sembla satisfaire son médecin de fortune, qui n'attendit pas et essuya la blessure avec un morceau de coton. Un nouveau gémissement suivit l'ersatz de soin auquel la jeune fille avait droit. Celle-ci parvint à mieux se contenir en contractant au maximum son ventre lorsqu'il recommença les mêmes gestes une seconde fois.

« Tu es coriace, Annie. D'autres auraient râlé plus fort. Ne crois pas que ça me contrarie, plus tu résistes, plus ta résignation sera jouissive. Ne me regarde pas comme ça, voyons, j'ai compris que tu ne lâcheras pas la moindre larme en ma présence. Puisque tu ne veux pas bavarder, je vais te laisser seule. Tu pourras pleurer tout ton soûl. »

Annie observa la personne debout face à elle qui, malgré ses dires, ne bougeait pas. Il gardait son sourire duquel on pouvait percevoir son âme profondément perverse. Annie ne savait pas s'il attendait une réaction de sa part ou s'il se satisfaisait simplement de la situation.

« Allez, bye ! »

Le ravisseur tourna les talons avec une spontanéité déroutante, rejoignit et effaça l'escalier d'une allure rapide, pour enfin disparaître sans se retourner une seule fois. Son « au revoir » avait été empreint d'une telle jovialité, comme si sa personnalité avait permuté d'un seul coup. Le bruit des verrous puis des pas s'évanouissant au loin confirma son départ.

L'adolescente demeura sur son lit pendant quatre ou cinq minutes, sans même prendre la peine de changer de position. N'y tenant plus, elle passa ses jambes sur le rebord du matelas. Elle utilisa ses deux mains pour faire basculer son membre meurtri. Elle se demanda si la douleur s'était atténuée jusqu'à devenir supportable ou si elle-même s'était habituée à devoir l'endurer. Dans tous les cas, elle devrait s'en accommoder pour la suite, ce qu'elle s'apprêtait à tenter serait déterminant pour elle. Les deux pieds au sol, elle prit appui sur son côté invalide et poussa. Un sourire grimaçant accompagna son geste. Elle avait vu juste. Si la blessure était affligeante et sans doute infectée, elle restait peu handicapante, pour son audacieuse entreprise tout du moins.

S'aidant de ses mains bien ancrées sur le bord du lit, elle se dressa d'un mouvement prompt, sans laisser au tourment de sa chair le temps de la freiner dans son effort ou de la faire douter. Elle expira lentement avant de passer à la suite. La souffrance était tout juste soutenable, elle devait en profiter tant que son courage l'escortait. Et tant que l'autre ne revenait pas. Une telle opportunité ne se reproduirait sans doute pas. Elle contourna sa couche et s'arrêta, toujours flanquée de sa douleur lancinante. Elle aurait aimé crier, ne serait-ce qu'une seule fois. Ça ferait plaisir à son ravisseur, et alors ? Elle renonça pourtant et se demanda si elle serait capable de marcher longtemps dans sa situation. Elle éluda vite la question et agrippa le cadre de lit. Le métal froid surprit la jeune fille qui le serra plus fort encore. Elle commença par le soulever puis tira avec peine. La privation de nourriture se faisait sentir, mais au moins elle n'avait pas à se servir de son membre abîmé. Pas à pas, elle continua sa manœuvre jusqu'à se retrouver sous le soupirail.

Elle enjamba le rebord de son couchage et se redressa, debout sur le matelas. De cette légère hauteur, elle put sans mal attraper la bordure de la fenêtre et se hisser sur le cadre de lit. La solidité de la structure en métal ne faillit pas, mais Annie ne maintenait son équilibre précaire qu'à grand-peine. Sa taille lui permettait tout juste de se saisir de la poignée sans difficulté. Aucune serrure à l'horizon, il suffirait a priori de tourner la petite manette. D'abord d'une seule main, puis des deux, elle s'évertua à l'actionner. Vers la gauche pour commencer, qui semblait être la direction normale, puis vers la droite, rien ne fonctionna. Elle s'arrêta, regarda la partie apparente du mécanisme de fermeture, comme si elle pourrait ainsi en percer un secret. Par dépit, elle secoua la poignée dans tous les sens et ne s'interrompit que lorsqu'elle faillit perdre son aplomb. Elle en aurait pleuré de rage, si elle n'avait pas déjà tant larmoyé ses derniers jours. Incapable de renoncer et d'accepter son triste sort, elle appuya de ses deux mains vers la gauche, de toutes ses forces. Encore et encore, malgré les meurtrissures ressenties sur ses paumes, elle s'acharna. La force de ses biceps s'estompa trop vite, ses mouvements faiblirent, mais elle ne se résigna pas.

Enfin, elle parvint à faire pivoter la manette de quelques degrés vers la gauche. Après avoir repris son souffle et laissé quelques instants de repos à ses muscles, elle recommença. À présent décoincé, le mécanisme rouillé fonctionnait, même si elle devait toujours forcer dessus. Personne n'avait dû l'utiliser depuis de nombreuses années. L'adolescente tourna le dispositif à cent quatre-vingts degrés avant de constater un nouveau blocage. La fenêtre devait être ouverte. Elle poussa fort sur la poignée. Elle n'éprouva aucune aigreur en voyant les montants rester impassibles à sa pression. Évidemment, les années d'ancienneté avaient aussi verrouillé l'encadrement et les gonds. Elle continua des séries de brèves impulsions, mais les forces lui manquaient. Elle donna des coups de poing qui n'eurent d'autre effet que de lui infliger des douleurs et écorchures supplémentaires aux doigts.

Loin d'abdiquer, elle redescendit jusqu'au sol. Sa plaie se rappela à son bon souvenir, mais elle se dirigea vers le bureau en boitant à peine. Tant pis pour la discrétion, elle sentait qu'elle devait agir sans attendre. Elle ouvrit le premier tiroir et farfouilla dedans pour en sortir une lampe d'architecte. Ce n'était pas l'idéal, mais mieux que rien. Elle la plaça sur la surface et s'occupa du second compartiment. La chance lui souriait-elle enfin un petit peu ? Elle prit dans ses mains un cube translucide. Son poids la surprit. Il était peut-être en verre, mais elle pouvait espérer que son épaisseur assurerait sa solidité. Le presse-papier serré entre ses doigts, elle retourna à sa position de funambule.

Elle frappa sur les montants, d'abord avec timidité, puis avec plus de force au fur et à mesure que ses coups s'enchaînaient. Elle n'avait aucune idée du bruit que pouvaient bien provoquer ses collisions successives. Personne ne venait. Soit l'habitation était dotée d'une isolation sonore très efficace, soit il était parti. Il n'était plus question de faire machine arrière de toute façon.

Les chocs répétés firent apparaître quelques fissures que la jeune fille ne vit pas. Un petit morceau de verre se sépara du bloc et vola contre la vitre. Annie s'arrêta et observa l'accessoire de bureau. Elle le tourna dans sa main et reproduisit ses efforts sur un autre côté, en prenant soin cette fois d'examiner son marteau improvisé à fréquences régulières. Elle avait usé trois faces du cube au moment où la fenêtre céda enfin. Plusieurs débris du presse-papier fendillé jonchaient le rebord. Elle n'y prit pas garde, jeta celui-ci sur le matelas et poussa en grand les deux battants.

Elle attrapa la traverse extérieure et se hissa tant bien que mal, sans un regard sur le jardin. Ses genoux se piquèrent sur les fragments tranchants. Son jean la protégea contre d'éventuelles taillades et elle se contenta de grimacer. Elle rampa jusqu'à extraire la totalité de son corps de sa geôle. Couchée, elle se tint sur ses coudes et observa enfin autour d'elle la grande pelouse agrémentée de nombreux végétaux colorés. L'ensemble ne lui rappela aucun souvenir. Elle tourna la tête vers la maison pour l'examiner mais elle perçut soudain un mouvement fugitif du coin de l'œil. Prise de panique, elle fouilla du regard sur sa droite et ne vit qu'un arbuste animé par le vent. Elle s'assit et profita de l'air frais un court moment. Elle savait qu'elle devait faire vite. Il ne lui restait qu'à franchir l'espace face à elle et espérer trouver une route fréquentée et pas trop éloignée. Après s'être relevée, elle commença à longer le mur. Cette fois, elle ne remarqua pas l'ombre cachée derrière l'arbuste s'avancer.

33

« Alors Kevin, toujours sur cette enquête de disparition ? Ce n'est pourtant pas le genre d'affaire qui te préoccupe habituellement ?

– Après avoir fouillé autour cette histoire, je m'inquiète vraiment trop pour cette petite. Je sens qu'il y a un truc que je peux faire, que je peux trouver pour assister la police, Georges.

– Je te reconnais enfin. Mais la seule chose sensée que tu devrais faire pour les aider serait de leur ficher la paix, mon vieux. Tu ne vas que leur mettre des bâtons dans les roues, même si je suis certain que ton objectif est de leur donner un coup de main.

– Laisse-moi tranquille, si c'est pour me déconcentrer et m'embrouiller. Je n'ai pas le temps.

– D'accord d'accord, je ne t'embête pas davantage. Bon courage. »

Kévin garda les yeux levés en direction de son collègue. Satisfait de le voir rejoindre sa place un peu plus loin, il replongea dans son travail. Il aurait pu rester chez lui pour s'assurer de ne pas être dérangé, mais il n'aurait pas pu profiter de certaines ressources informatiques inaccessibles en dehors des locaux du journal.

Quelque chose le tracassait. Grâce à ses jumelles, il avait pu observer à défaut d'entendre l'entretien des policiers avec le suspect sur le parking. Il avait attendu avant de rejoindre à son tour le commissariat et s'était garé de manière à bénéficier d'une vue dégagée sur la sortie. Il avait décidé de patienter au moins toute la matinée, curieux de savoir si oui ou non la discussion se transformerait en garde à vue. Son intuition légendaire avait porté ses fruits. Une heure ou deux plus tard, l'homme avait réapparu par les portes centrales. Pourtant habitué à cet exercice en raison de son métier, le journaliste n'avait pas réussi à percer la moindre émotion sur le visage du kidnappeur présumé. Ni fureur de s'être fait prendre, ni soulagement d'avoir pu vite ressortir libre, ni angoisse d'avoir évité de justesse l'arrestation. Il se demanda si cela était mauvais signe pour sa captive.

Convaincu que la police ne l'avait pas relâché sans placer quelqu'un à sa suite, il était resté à son poste d'observation. De toute façon, l'homme n'irait sûrement pas à sa planque. Le plus évident pour lui serait de regagner sa maison et de ne pas en bouger pendant un certain temps. Le journaliste avait alors sorti son mobile et envoyé un court message. Quelques minutes s'étaient écoulées avant de recevoir une réponse. Son informateur n'avait pu lui fournir qu'un seul renseignement, mais celui-ci pouvait s'avérer très précieux. Le vrai nom du suspect.

Depuis son retour au bureau, il parcourait tous les homonymes qu'il avait pu trouver. Les policiers possédaient déjà cette information grâce à la carte d'identité, mais il était vain de penser que sa taupe pourrait mettre la main dessus. Il savait qu'elle n'aurait pas accès au dossier aussi facilement. Si Franck Malis avait très bien pu se grimer, il était possible d'éliminer plusieurs personnes par la différence de corpulence ou de forme de visage. En écartant pour le moment les trois profils pour lesquels Kevin n'avait pu dénicher aucune photo, il avait réduit la liste des candidats potentiels à quatre. Il aurait pu en réalité n'en garder qu'un seul dès le départ. Sur les diverses images glanées sur internet, il avait reconnu le regard croisé à plusieurs reprises. Sans l'ombre d'un doute.

Il laissa de côté les trois autres et chercha le maximum d'informations correspondant à l'individu. Le titre d'un article qu'il trouva dans les journaux de sa région eut tôt fait de mettre un terme aux incertitudes qui auraient encore pu subsister dans son esprit. Le passé de Franck apparut sous ses yeux.

Le petit Jonathan toujours porté disparu

Long d'un seul paragraphe, la lecture du texte se révéla

décevante, car celui-ci manquait cruellement de détails. Kevin ajouta de nouveaux mots-clés et examina les résultats. Il dénicha exactement ce qu'il avait en tête, un reportage approfondi sur l'affaire depuis son commencement. Il parcourut l'ensemble avec avidité. Sans se donner la peine de poursuivre ses investigations, il prit son téléphone et chercha dans son répertoire le numéro de Jack Bellino.

34

Le maigre espoir qui animait la jeune fille s'envola à l'instant où elle s'engagea dans l'allée. La vieille berline blanche était bien là, et par voie de conséquence sa mère également. Elle longea la carrosserie sur la droite, où plusieurs éraflures rappelaient ses débuts laborieux de conductrice, et atteignit d'un pas hésitant et ralenti la porte d'entrée. Elle resta sous le porche et attendit, comme si une idée lumineuse pouvait jaillir alors que rien ne lui était venu pendant tout son trajet de retour.

Comment pourrait-elle ressortir de chez elle après dîner ? La dernière vision d'Annie agressée par son ravisseur lui prouvait que cela se produirait en fin de journée ou en début de soirée. Elle devait donc repartir. Elle avait éludé l'éventualité que la prémonition correspondît au lendemain ou plus tard encore, il était impossible de prendre un tel risque.

« Eh bien, entre ! Qu'est-ce que tu fais à fixer la porte comme ça ? C'est ouvert, allez ! »

Julia tourna la tête et tomba nez à nez avec sa mère. Celle-ci venait de sortir du garage et la dévisageait d'un air espiègle. Cette expression soulagea l'adolescente. Elle avait craint devoir affronter une attitude grave et effrayée pour les jours à venir mais il n'en était rien. En définitive, sa mère avait choisi d'esquiver le sujet pour le moment. D'un regard, elle la remercia en silence avant de lui ouvrir la porte de la maison.

Elle ne put se retrouver seule qu'au bout d'une heure, lorsque sa mère retourna à ses affaires dans le garage. Elle n'avait pas eu le courage de refuser de l'aider à confectionner le dîner en avance. Cuisiner était un passe-temps apprécié par l'une et l'autre, surtout ensemble. En se mettant à la place de sa mère un instant, partager un moment agréable toutes les deux semblait naturel après les événements de la matinée.

Enfin libre de réfléchir au moyen de s'éclipser, Julia ne voyait pas trente-six solutions. Sa mère n'avait pas prévu de sortir ce soir, mais quelle mère aurait laissé sa fille seule dans cette situation ? Faire le mur était exclu. Sa mère se couchait tard la plupart du temps, et l'adolescente ne comptait pas attendre le milieu de la nuit pour son escapade. Sa chambre quant à elle ne possédait aucune issue viable. La fenêtre donnait sur le toit de la cuisine, le chemin à emprunter pour s'éclipser de ce côté consistait à marcher sur les tuiles pour ensuite sauter de deux mètres environ. Cela lui semblait inabordable. De toute façon, partir en catimini était une mauvaise idée. Oui, sa courte escapade serait vite oubliée en cas de libération d'Annie, mais si elle faisait chou blanc, le contrôle de sa mère deviendrait encore plus restrictif. Ne restait plus que la solution de faire croire qu'elle voulait passer la nuit chez une camarade de classe, même si cette dernière solution ne l'emballait pas vraiment. Elle n'était pas assurée de parvenir à la convaincre, et elle ne pourrait lui opposer aucun argument pour l'empêcher d'appeler les parents de l'amie concernée si elle le décidait.

Debout contre la porte-fenêtre du salon, elle imaginait le dialogue possible avec sa mère depuis plusieurs minutes lorsqu'elle vit celle-ci sortir du garage. Pas certaine d'être prête à entamer la discussion, elle préféra se retirer dans sa chambre telle une fuyarde. Elle ferma la porte avant d'entendre celle de la maison s'ouvrir. Face-à-face avec le bureau, elle ne manqua pas la pile de livres entreposés sur le coin droit. La lecture de ses ouvrages lui semblait si lointaine à présent. Elle se rappela une information, la possibilité de déclencher des prémonitions par sa propre volonté, avec ou sans objet à sa disposition. Assise sur sa couette, elle se concentra, d'abord sur son amie prisonnière, ensuite sur Paul, enfin sur les éléments des scènes aperçues au cours de ses visions. Elle sourit malgré elle de l'absence de résultat. Qu'attendait-elle au juste, après quelques jours seulement à subir les manifestations de son pouvoir ?

Elle embrassa la pièce d'un regard, à la recherche d'un livre, d'un vêtement, d'un accessoire ou de n'importe quoi d'autre qu'Annie aurait pu lui prêter. Une idée lui vint alors. Elle se leva et s'approcha du grand cadre suspendu au-dessus de son bureau. Elle détacha de la plaque de liège chaque photo sur laquelle apparaissait son amie. Sans bouger, elle considéra chaque image, se remémorant au passage certaines anecdotes. Rien ne se produisit au départ, mais la septième fut la bonne. Ce qu'elle vit alors n'était pas du tout ce qu'elle avait envisagé, c'était presque pire. Frappée d'un mal de tête sans commune mesure avec la fois précédente, elle s'affala sur sa chaise et faillit laisser s'échapper les clichés de sa main.

Le temps pressait plus vite que prévu. Ce n'était plus une vie qui était en jeu, mais deux. Elle aurait tout donné pour connaître l'issue du combat entraperçu qui opposerait Paul et Christine, même si elle se doutait que le fait de le voir en vision n'était pas bon signe. Serait-elle capable de sauver qui que ce fût ? Son corps vacillant sous le contrecoup de son pouvoir n'aidait pas. Malgré la lassitude accablante qui grandissait en elle, elle s'interdisait d'avoir seulement l'idée d'abandonner. Elle renifla à plusieurs reprises et se moucha sans un regard pour le morceau de tissu utilisé. Elle échangea de brefs messages avec une amie pour se construire un alibi, puis descendit pour tenter de convaincre sa mère. En dépit de la situation, elle espéra que la proximité entre les deux domiciles lui permettrait d'obtenir l'autorisation de sortir sans trop de difficulté. Elle n'aurait qu'à annuler sa soirée fictive une fois dehors. Ensuite, il faudrait faire vite. Mais maintenant, elle pensait connaître la maison où Annie était retenue captive.

35

Dix-neuf heures sonnaient à peine et pourtant la clarté du jour avait déjà fortement décliné. Les nombreux nuages épars obscurcissaient le bois et créaient des zones sombres ici et là. Franck disposait de conditions idéales. Il raccrocha sans se donner la peine de dire au revoir au moment de mettre fin à sa conversation. Maintenant que cet indispensable appel était passé, il devait s'occuper de la fille. Ce soir, il prendrait tous les risques nécessaires pour régler cette affaire une bonne fois pour toutes.

Pas besoin de faire une deuxième fois le tour de la propriété, il n'avait repéré aucun accès autre que l'imposant portail en fer forgé. Celui-ci était fermé à clé, et le franchir était impossible pour deux raisons. Si la maison était assez isolée, un passant pouvait tout de même surgir à l'improviste et le surprendre en pleine escalade. Ensuite, après avoir sauté à l'intérieur, il se trouverait de toute évidence à découvert. Cette Christine, qui avait à coup sûr reverrouillé le portail après avoir pénétré les lieux, pourrait le voir d'emblée. Mieux valait s'introduire depuis un coin plus reculé, de préférence masqué par la végétation des deux côtés de l'enceinte.

La partie du mur qu'il avait rejoint était propice à son entreprise. D'un regard anxieux, il scruta l'espace boisé à cent quatre-vingts degrés autour de lui. Aucune âme qui vive à l'horizon. Il se retourna, se plaça plusieurs pas en arrière pour se donner de l'élan et jaugea le sommet de l'obstacle. Après une vive expiration, il se lança, s'appuya avec le pied sur la surface crépie et réussit à s'agripper des deux mains dès la première tentative. Il se hissa sur la crête, cette fois-ci sans regarder aux alentours, puis se précipita hâtivement à l'intérieur sans prendre le temps de se soucier de la hauteur du saut.

36

Sa course avait été pathétique, rien à voir avec ses sprints habituels. Non, elle avait surtout beaucoup trop tergiversé avant d'intervenir. Elle s'était contentée d'agiter bêtement les bras au coin de l'enceinte, comme s'il aurait pu l'apercevoir à cette distance. Elle aurait plutôt dû crier et se ruer à sa rencontre sans perdre un instant. Cela semblait évident maintenant, mais elle n'avait pas osé faire de bruit et signaler sa présence en ces lieux à d'autres personnes. Il se trouvait à présent derrière cette enceinte, inarrêtable. Elle pesta intérieurement contre sa propre faiblesse. Même à cet instant, elle ne réfléchit aucunement à la réaction de Paul si celui-ci découvrait qu'une gamine l'avait retrouvé, elle ne songeait qu'à le stopper dans sa folle tentative.

Le danger avait beau rôder derrière ces murs, elle ne devait pas reculer, ses visions n'auraient servi à rien dans ce cas. Comment les rejoindre de l'autre côté ? Elle était plus petite, et même si elle était plutôt douée en sport, le sommet à atteindre lui semblait hors de portée. Elle continua de longer ce qu'elle assimilait peu à peu à un rempart insurmontable, mais sans trop y croire, convaincue que l'homme n'avait pas choisi ce coin au hasard. Elle aperçut bien un arbre dont certaines branches empiétaient sur le parc, mais celles-ci lui parurent trop frêles pour supporter sa traversée.

D'une démarche de plus en plus incertaine, elle parvint au seul endroit franchissable. À condition que personne n'empruntât la voie durant le laps de temps où elle escaladerait le portail. Elle s'avança sur la route. La rue en ligne droite offrait un champ de vision dégagé sur au moins deux cents mètres sur sa gauche. De l'autre côté par contre, le chemin bifurquait assez tôt. Au final, le risque encouru était assez limité au regard de l'enjeu. Chaque seconde passée à hésiter au-dehors la rapprochait du drame à venir. Elle se maudit d'avoir toujours un train de retard malgré son don.

Elle écouta avec attention, à la recherche de bruits de pas, de voix et surtout de voitures. Elle vérifia ensuite des deux côtés plusieurs fois. Enfin, elle courut vers l'entrée. Grimper fut aisé, le portail offrait de multiples prises. Elle évita avec une agilité féline les flèches de la partie haute et ne griffa même pas ses vêtements. Le gravier crissa sous ses chaussures lorsqu'elle se jeta à mi-hauteur. Elle embrassa le nouvel espace d'un rapide coup d'œil et se précipita vers un buisson proche. Elle n'avait pas vu Paul, mais cela ne voulait pas dire que lui ne l'avait pas repérée.

37

Craignant de manquer une notification malgré sa sonnerie et son vibreur réglés au maximum, Kevin ne parvenait pas à se retenir d'allumer son écran à intervalles réguliers. Toujours aucun message ou appel salutaire. Soit le flic était trop occupé pour lui répondre, soit il partageait l'avis de ceux qui l'avaient reçu au commissariat et il ne daignait carrément plus prendre le temps de lui parler.

En réalité, on l'avait à peine accueilli, sans se donner la peine d'avoir une discussion avec lui dans une salle au calme. Sa réputation le desservait une fois encore, au pire moment. Les deux policiers avaient consenti à écouter son histoire pour la transmettre ensuite aux personnes assignées à cette affaire, et rien de plus. Certain de se faire refouler manu militari à la moindre vague, il avait déroulé sa théorie avec un flegme inébranlable. Ils lui avaient rétorqué qu'ils étaient déjà au courant et que ça ne changeait rien. Le journaliste avait bien insisté, sidéré de s'apercevoir qu'ils étaient passés à côté de l'essentiel. Il était vite ressorti de son entretien, frustré d'avoir perdu son temps avec les mauvaises personnes.

Il avait ensuite arpenté le parking réservé aux forces de l'ordre sous l'œil méfiant d'un gardien. Celui-ci maintenait toujours sa main gauche sur son talkie-walkie, prêt à le dégainer au moindre geste suspect. Las, il avait fini par rejoindre sa propre voiture et avait quitté les lieux. Voilà maintenant dix minutes qu'il parcourait les rues, dans le fol espoir de repérer Franck, ou peut-être Jack et sa partenaire. Plus il roulait, plus il doutait. Il avait peut-être tort après tout. Son imagination fantasque avait frappé une fois de plus, et des conclusions que lui seul était capable de créer étaient devenues des évidences.

L'itinéraire décidé dès son départ du commissariat l'amena aux bureaux du journal. La fin de la journée approchait et tous ses collègues encore présents s'attelaient à finir leur travail en cours lorsqu'il arriva dans l'open space. Il évita ainsi les railleries en tout genre sur sa dernière mésaventure. Ils avaient tous leurs sources, et certains de ses confrères étaient à coup sûr au courant de sa récente déconvenue avec la police. Il déverrouilla son ordinateur et reprit les recherches laissées ouvertes à son départ. Il devait creuser, trouver un fait irréfutable à rapporter à Jack. Si une personne avait une chance de le croire, c'était lui.

Il fit défiler les titres d'articles qu'il avait mis de côté à la suite de sa première découverte. Rien d'intéressant n'en ressortit. Il cliqua pour afficher le contenu de certaines publications, mais il ne s'agissait la plupart du temps que de simples résumés de l'affaire longs d'un ou deux paragraphes. L'auteur se contentait d'un bref rappel des faits avant d'expliquer en fin de texte qu'aucune avancée significative n'avait été communiquée par les enquêteurs. Il modifia à plusieurs reprises les mots du champ de recherche pour dénicher des articles inédits. Après plusieurs essais infructueux, l'intitulé d'un papier l'interpella. Il en lut le contenu d'une seule traite. Ce qu'il apprit changeait beaucoup de choses. Franck n'était pas seul, une autre personne avait participé à la précédente affaire. Son empressement lui fit sauter des touches et il dut s'y reprendre à trois fois pour taper sans faute le nouveau nom sur son clavier. La première page de résultats présentait plusieurs liens dont les titres se rapportaient à cette partie inconnue de l'enquête. Il ne tarda pas à trouver la preuve tant attendue.

Il n'était plus question de prendre son mal en patience, il devait joindre l'inspecteur aussi vite que possible, quitte à le harceler. Il appela. Sans surprise, la voix du répondeur fut son unique interlocutrice. Sans laisser paraître une trace d'irritation, il résuma l'histoire complète, puis envoya un message dans la foulée. Il ne s'arrêta pas là et recommença. La cinquième relance fut la bonne. Jack l'accueillit comme il se devait.

« Vous allez cesser vos coups de téléphone, Kevin. J'ai été gentil, mais je peux vous balancer au trou si vous continuez.

— Pardon, mais c'était le seul moyen pour que vous décrochiez. Écoutez-moi, c'est important...

— Non, vous, écoutez-moi ! Ne vous faites pas d'idées, le commissariat nous a prévenus que vous êtes venus les voir, OK? On a aussi eu les mêmes infos que vous sur l'autre affaire. Ça ne change rien, la piste que nous suivons actuellement est la plus fiable.

— Ça change tout au contraire, donnez-moi seulement le temps de vous raconter ce que j'ai appris. C'est ce qui manque pour que vous retrouviez Annie. Malgré le portrait peu flatteur qu'on a dû vous faire de moi, je ne vous ai jamais mené en bateau, pas vrai ? Juste cinq minutes, et si vous n'êtes pas convaincu, je vous laisserai tranquille. »

Sa requête suppliante laissa place à un silence pesant. Au bout de quelques secondes, une longue expiration se fit entendre à l'autre bout du fil.

« Le minuteur a déjà démarré, Kevin. Allez-y. »

38

De la lumière n'émanait que d'une seule fenêtre, de ce côté de la maison tout du moins. Julia recula sa tête du buisson et referma les branches. Elle se frotta ensuite les cheveux pour éliminer d'éventuelles feuilles ou brindilles. Après une énième inspection des lieux où elle ne repéra pas le moindre mouvement dans le jardin, elle décida de s'approcher pour regarder à l'intérieur de l'ouverture éclairée. Après seulement, elle envisagerait de passer par la porte ou non.

Le temps qu'elle avait perdu à faire le tour de la propriété avant d'y entrer avait peut-être permis à Paul de pénétrer dans la demeure. Son plan initial prenait du plomb dans l'aile. Pour empêcher la tragédie de se produire, elle ne voyait qu'une solution : éviter la rencontre qui mènerait au combat entraperçu en cauchemar. Comment pourrait-elle agir maintenant, du haut de ses seize ans ? Accroupie derrière les arbrisseaux, elle sentait son adrénaline redescendre, sa détermination fléchir. Non, il était trop tard pour reculer, elle devait penser aux deux personnes en danger.

Elle observa le sol aux alentours, à la recherche d'une branche pouvant faire office d'arme contondante, mais rien de ce genre ne se trouvait à proximité. La pénombre envahissante ne lui permettait pas d'en discerner au loin. Elle surgit de sa cachette, totalement désarmée. D'un petit pas de course où chaque foulée lui donnait l'impression de faire trembler la terre entière, elle atteignit le coin de la maison. Quelques mètres à peine la séparaient de la lueur. Elle prit une profonde inspiration, comme si les quelques dizaines de mètres parcourus avaient pu l'exténuer. À présent, elle pouvait sentir son cœur s'emballer. Cela ne lui était arrivé qu'à de très rares occasions qui paraissaient bien futiles aujourd'hui, comme lors de sa première compétition de gymnastique. Une nouvelle fois, elle explora des yeux le jardin dense tout en écoutant le silence, troublé par des bruits de circulation lointains et quelques chants d'oiseaux. Elle s'avança, prête à se pencher.

« Psst ! »

La jeune fille resta paralysée quelques secondes. Incapable de respirer, elle s'appuya de sa main gauche sur le mur alors qu'elle commençait à vaciller. Ses jambes lui paraissaient soudain lourdes, bien trop lourdes pour lui permettre de s'enfuir. Elle allait céder.

« Psst... Psst, Julia ! »

Elle dut se résoudre à se retourner et osa tout juste lever les yeux sur la personne qui l'interpellait. De la figure amicale qu'elle rencontra n'émanait aucun sourire, juste de l'incompréhension.

« Mais que fais-tu là, bon sang ? » demanda une voix chuchotante mais réprobatrice.

Les lèvres de l'adolescente s'ouvrirent mais aucun son n'en sortit. Elle avait tant à dire et pourtant elle se sentait pétrifiée à l'idée de tout expliquer, pour commencer à justifier sa présence ici. Elle construisit une phrase à peu près cohérente dans sa tête avant de la prononcer à voix haute.

« Et bien, en fait, j'ai réussi à savoir que... » parvint-elle à articuler à grand-peine avant que la fin de ses mots ne mourût dans sa bouche. Une stupeur paralysante s'empara d'elle et l'empêcha d'émettre un quelconque son, de faire le moindre geste pour l'avertir du danger qui venait de surgir du coin de la maison.

Une ombre s'éleva au-dessus de la personne face à Julia et s'abattit sur son crâne, sous le regard impuissant de la jeune fille. Tout juste réussit-elle à reculer de deux ou trois pas au maximum avant de se coller au mur, tétanisée. La pelle, oui ce devait bien être cela, fut brandie une deuxième fois dans le but d'asséner un coup fatal mais sa cible se déroba et attrapa l'arme improvisée de ses deux mains. La lutte paraissait inégale, une adolescente face à un adulte, mais Christine ne se contentait pas de résister aux coups de pied envoyés afin de lui faire lâcher prise. Elle évitait chaque tentative de Franck avec brio et en profitait pour essayer de le déséquilibrer, de le frapper à son tour avec ses chaussures. De temps à autre, elle lançait des coups d'œil à Julia, mais celle-ci était bien incapable de prendre part au combat, ce que son amie dut comprendre. Elle ne se concentra plus que sur son adversaire.

L'espace d'un instant, Franck crut prendre l'avantage lorsqu'il vit la fille retirer une de ses mains de la pelle. Sans lui donner le temps de tenter d'en profiter, celle-ci saisit son avant-bras droit et serra jusqu'à sentir ses ongles pénétrer la chair. Son ennemi laissa s'échapper une plainte étouffée de ses lèvres et dut se résoudre à relâcher l'étreinte pour se défaire de la prise, sans constater l'écoulement de sang sur sa peau. Chacun des deux combattants ne tenait plus la pelle que d'une seule main. À force de lutter pour sa possession, ils l'envoyèrent voler à plusieurs mètres d'eux. Aucun ne tenta de se l'approprier et un affrontement à mains nues commença.

Julia aurait tant voulu aller ramasser l'objet et se défendre à deux contre un, mais ses jambes refusaient de lui obéir. Elle comprenait à présent. En venant ici prendre part à toute cette histoire, sa vision était devenue réalité. Elle-même avait provoqué tout cela. Pire que ça, elle était inutile. Face à cette vérité cruelle, son héroïsme prétentieux se révélait n'être qu'incontestable nullité. Ne pensant même pas à fuir ou à entrer dans la maison pour sauver Annie, elle assistait à l'affrontement dont l'issue semblait toujours aussi incertaine. Elle n'aurait jamais imaginé Christine posséder assez de fougue pour se battre à armes égales avec un adulte. L'espace d'un instant, un reflet brillant apparut au milieu de leur mêlée. Qu'avait-elle cru discerner dans le prolongement d'une des quatre mains plongées la bataille ? Un profond gémissement lui apporta la réponse qu'elle redoutait, et la crainte se mua en épouvante quand elle découvrit lequel des deux corps s'effondrait au sol. Elle voulut crier mais ne put que murmurer un pénible « non », alors que l'on s'approchait déjà d'elle. Tétanisée, ses yeux larmoyants lui brouillaient de plus en plus la vue, mais elle distingua sans problème l'objet ramassé au passage. Elle s'écroula à genoux, dans une vaine tentative de s'éloigner de la pelle, et regarda au-dessus d'elle.

« Ne fais pas ça, Christine ! »

Le choc lourd l'assomma sur le coup, son corps s'écroula au sol, à côté du soupirail dont la douce clarté avait attiré son attention un peu plus tôt.

39

« Comment on a pu passer à côté, non de non ! Et pourquoi il ne nous en a pas parlé d'abord, ce gars ? »

Dans sa voiture lancée à une allure bien au-delà de la vitesse autorisée dans l'agglomération, Jack fulminait. Contre sa propre incompétence et celle de toute l'équipe sur l'affaire. Contre la situation qui aurait sans doute été réglée si les choses ne s'étaient pas déroulées ainsi. Il repensa à l'invraisemblable histoire racontée par Kevin. Sacré coup de chance que ce type-là fût à ce point intéressé par cette affaire. Grâce à lui, ils avaient enfin un espoir de sauver Annie.

Les faits remontaient à près de deux ans. Alors que l'enquête s'enlisait, plusieurs soupçons avaient commencé à peser sur le dénommé Franck Malis. Sans surprise, celui-ci avait accueilli ces accusations avec une certaine agressivité, et sa relation avec les forces de l'ordre était devenue de plus en plus conflictuelle. Par la suite, les tensions et nombreux accrochages entre eux avaient eu pour effet de conforter certains agents à privilégier cette piste. Ça, c'était l'histoire que Malya et Jack avaient apprise après s'être renseignés auprès de leurs confrères et dans les données de la police.

Un détail leur avait pourtant échappé dans cette ancienne affaire. Enfin, Jack se rappelait l'avoir lu dans les rapports, mais ils avaient écarté cette thèse après une très courte investigation. Ça n'avait été qu'une voie sans issue parmi tant d'autres dans ce dossier, et rien n'aurait justifié de s'y intéresser dans le cas d'Annie. Franck lui-même avait incriminé cette adolescente, Christine Delfond. Plus que ça, il n'avait eu de cesse de fournir des faits et des témoignages selon lui irréfutables et prouvant sa culpabilité. Le harcèlement apparent contre cette enfant s'avéra plus préjudiciable qu'autre chose et renforça même les doutes que certains avaient contre lui. Si Malya ou Franck avaient retenu le nom de cette jeune fille, ils auraient pu établir un lien en examinant la liste des camarades d'Annie.

Kevin avait su le convaincre de l'innocence de Franck. Son raisonnement était loin d'être farfelu. Il lui avait expliqué le déménagement de Christine, son amitié naissante avec l'adolescente disparue et toutes les hypothèses qu'il en avait tirées. Il manquait deux ou trois informations, mais c'était un sacré travail d'enquêteur qu'il avait réalisé. Certes, cette piste n'était pas sûre à cent pour cent, mais on pouvait lui accorder autant de crédibilité qu'à une autre. Surtout, les faits étaient là. Le journaliste lui avait même envoyé les différents articles relatant cette partie de l'affaire par téléphone. Différents scénarios étaient envisageables, mais celui-ci permettait d'emboîter toutes les pièces du puzzle que formaient ces deux enlèvements.

Tout à coup, Jack appuya en urgence sur la pédale de frein. Les pneus crissèrent et la voiture s'arrêta à grand fracas. Pour la discrétion, on repassera, pesta l'enquêteur aux traits tirés par la fatigue. Il regarda en arrière et recula jusqu'à se garer devant un portail à barreaux blancs. Personne ne semblait l'observer depuis la maison, son arrivée n'avait peut-être pas été aussi tonitruante que ça. Il sortit du véhicule et s'approcha du portillon. Par chance, celui-ci était déverrouillé. Il put s'introduire dans la propriété sans sonner et s'avancer jusqu'à l'entrée. Il toqua du poing trois coups secs sur la porte vitrée et attendit, se retenant de ne pas frapper une nouvelle fois pour ne pas brusquer son interlocuteur avant même de le rencontrer.

La porte s'ouvrit sur une femme d'une quarantaine d'années. Tirée à quatre épingles, elle était peut-être sur le point de partir. Il n'avait plus qu'à espérer que la contrariété d'être retardée ne briderait pas trop leur conversation.

« Bonjour, entama-t-elle d'une voix qui questionnait le nouveau venu sur sa présence chez elle.

— Bonjour madame Delfond. Je me présente, Jack Bellino, enquêteur de police. J'aurais aimé m'entretenir avec votre fille, Christine.

— Pourrais-je savoir à quel sujet, s'il vous plait ? » Le ton avait changé. Son langage corporel révélait qu'elle se tenait déjà sur la défensive.

« Je souhaiterais juste discuter un peu avec elle pour avoir quelques renseignements supplémentaires sur Annie. Nous le faisons pour chacune de ses amies proches. Vous pouvez contacter un autre parent si vous voulez en être sûr. » Il avait répété son argumentation dans la voiture pour paraître le plus naturel possible. Ce n'était qu'un coup de bluff, il espérait que son attitude avenante ne donnerait pas envie à la mère de vérifier ses dires.

« Je ne vois pas ce qu'elle pourrait vous apprendre de plus, et de toute façon elle est sortie. Revenez plus tard, mais elle ne répondra que si elle le souhaite.

— Écoutez madame, la situation est urgente. Pouvez-vous me communiquer son numéro de téléphone afin que je puisse la joindre, ou alors l'appeler directement et me la passer ?

— Ah non, vous n'allez pas la harceler, je ne le permettrai pas. »

Si Malya et son caractère l'avaient accompagné, la discussion se serait déjà envenimée, mais seul, il lui restait un mince espoir d'obtenir des renseignements.

« Désolé, je ne voulais pas vous donner l'impression de vous agresser. Je ne souhaite pas importuner votre fille, mais je pense vraiment qu'elle peut nous aider dans notre enquête, elle ou l'une de ses amies proches.

— Et bien allez voir ses autres amies et laissez-nous en paix. Vous n'allez pas encore la harceler ! » cria-t-elle presque. Le passé surgissait enfin.

« Madame, je dois contacter toutes les camarades d'Annie, votre enfant ne peut pas faire exception.

— Encore une fois, elle n'est pas à la maison. Vous lui parlerez plus tard.

— Je pense qu'il serait préférable de discuter avec elle directement, sans devoir la convoquer au commissariat. » Il avait beau se contenir au maximum, son intonation aussi devenait plus agressive. « Je suis désolé, mais je dois vérifier que Christine ne se trouve pas chez vous. Puis-je entrer, s'il vous plait ?

— Il n'en est pas question, rétorqua-t-elle d'une voix irritée, les bras croisés sur sa poitrine par défi. Revenez avec un mandat, sinon vous resterez dehors. Je refuse de revivre ça. Ma fille a déjà été tourmentée une fois, ça ne recommencera pas.

— Écoutez-moi bien maintenant, Christine est liée à cette affaire, c'est une certitude. Si vous voulez l'aider, laissez-moi faire mon travail avant que les choses n'empirent !

— Je savais que vous alliez vous y mettre, vous aussi. Partez tout de suite, ou je porte plainte. Au revoir. »

La porte se referma avec fermeté devant le visage médusé de Jack. Il leva le bras avant de l'abaisser au bout de quelques secondes dans un soupir. C'était inutile. Il regagna son véhicule sans amertume. En tant que mère, la réaction de la femme se comprenait aisément. L'issue de la discussion n'était donc pas surprenante, mais il avait été obligé de tenter le coup.

Il ouvrit sa portière d'une main et de l'autre déverrouilla son téléphone pour joindre sa partenaire. Il devait la mettre au courant maintenant. Avec une telle piste entre les mains, il aurait dû la contacter dès le départ, mais il connaissait le peu de crédibilité qu'elle accordait au journaliste. Il espérait apporter une preuve tangible avant de la prévenir, aussi infime fût-elle. Il vit un appel en absence de sa part. Il s'étonna d'abord de ne pas avoir entendu la sonnerie, mais se souvint avoir passé son portable en mode vibreur le temps de sa conversation. Aussi inquiet qu'intrigué, il tenta de la joindre mais tomba sur sa messagerie. Il réfléchit, puis préféra contacter le commissaire plutôt que de réessayer. On décrocha dès la première sonnerie.

« Oui Jack.

— J'ai besoin de parler à Malya, mais elle ne répond pas, avez-vous une idée d'où elle peut être ? » Il lui avait coupé la parole un peu sèchement, mais il savait que le policier ne s'en offusquerait pas outre mesure.

« Oui justement, elle a cherché à vous contacter elle aussi, et j'allais le faire moi-même. Il y a du nouveau dans l'enquête. »

L'estomac de Jack se noua. Avaient-ils fait les mêmes

découvertes que lui ? Un malaise s'installa en lui.

« Qu'est-ce que c'est ?

— C'est Franck, il nous a appelés.

— Quoi ? Franck ? Je ne comprends rien.

— Alors laissez-moi le temps de vous expliquer et cessez de me couper la parole. Franck a téléphoné au commissariat et a transmis un message à l'accueil, sans vouloir attendre pour parler à quelqu'un assigné à l'enquête.

— Et alors ?

— J'y viens, j'y viens. Il a donné l'adresse exacte où il séquestrait Annie à l'attention des inspecteurs, et il a dit ensuite que vous devriez vous dépêcher de vous y rendre. Selon la standardiste qui l'a eu à l'appareil, il avait l'air plutôt affolé.

— Où il séquestrait Annie ? Mais de quoi vous parlez ?

— Il a avoué, mon gars. Malya a eu peur qu'il se sente acculé et qu'il tente un baroud d'honneur avant d'en finir. Elle a filé en espérant l'empêcher de commettre l'irréparable. »

Non, pas ça. Sa collègue avait tout compris de travers et sa réaction était cousue de fil blanc. Franck devait tenir une piste et il avait appelé la police pour la faire intervenir au plus vite. Pourquoi diable n'avait-il pas senti son téléphone vibrer ?

« Vous n'avez rien pigé, bordel ! Pardon, vous n'y êtes pour rien, on a tous loupé le principal dans l'affaire, Patrick. Écoutez bien ce que je vais vous dire. Il faut se dépêcher maintenant. »

L'enquêteur récapitula les informations glanées par le journaliste et la théorie qu'il suivait. La réaction au bout du fil parut plutôt sceptique, mais ce n'était pas le plus important. Il savait que le commissaire agirait malgré tout. En revanche, il devait à tout prix prévenir et persuader sa collègue, car c'était elle qui arriverait en premier sur les lieux. Il se retint de justesse de frapper son volant. Si d'un côté il avait fait une avancée significative dans l'enquête grâce à Kevin, de l'autre il avait à présent un dangereux train de retard sur Malya. Il entra l'adresse présumée de la planque sur son GPS et tenta de la joindre. Aucune réponse. Il laissa un message vocal et pianota un résumé incomplet de toute l'histoire. Si elle avait déjà coupé son téléphone pour l'opération, la situation pourrait virer à la catastrophe.

40

Un silence écrasant régnait dans la pièce. Aucune activité aux étages supérieurs ou un quelconque bruit en provenance du jardin ne venait troubler ce calme inquiétant. Depuis l'extérieur, l'éclairage avait paru chaud et brillant. Ici, il semblait condamné à une lutte perpétuelle pour ne pas faiblir. Des relents fétides remplissaient la geôle d'un air vicié. Cette atmosphère putride trouvait sa source dans une bassine dissimulée sous le lit et à demi pleine d'un mélange d'urines et de selles, associée à une forte odeur de sudation imprégnée dans les draps.

Recroquevillée depuis son réveil, la jeune fille était à mille lieues de remarquer l'oppression imposée par la cave. Elle était comme privée de ses sens et donnait l'impression d'être tombée en profonde léthargie. Son cerveau lui aussi fonctionnait au ralenti. Des absences régulières entravaient toute tentative de concentration, elle ressassait les mêmes débuts de raisonnements sans parvenir à avancer. Elle connaissait la cause de tout ceci. Malgré tout, elle ne pouvait s'empêcher de lever les yeux de temps à autre pour attester de la terrible réalité. Chaque nouvel aperçu provoquait chez elle un irrésistible haut-le-cœur et annihilait toute prémisse d'évasion. La seule idée de passer près de la dépouille de Paul la terrorisait.

À son réveil, il lui avait fallu un certain temps pour comprendre la situation dans laquelle elle se trouvait désormais, puis un temps encore plus long pour l'accepter. Séquestrée, sans le moindre indice sur la localisation de son amie, elle était persuadée d'avoir entraîné cet homme dans sa chute. Sans ses visions, et surtout sans les interprétations et actions qui en avaient résulté, tout serait différent.

Quand elle avait aperçu son compagnon d'infortune au pied du lit, elle l'avait d'abord cru inerte. Il était adossé au mur et sa tête tombée en avant masquait son visage. Au bout de quelques minutes passées à rassembler son courage, elle l'avait appelé d'une voix chevrotante. Aucune réponse, pas un mouvement ne s'était produit en provenance du corps gisant au sol. Elle avait continué, allant même jusqu'à le héler, la nervosité prenant temporairement le pas sur ses peurs. N'obtenant aucune réaction de sa part, elle s'était approchée pour le réveiller et pouvoir lui parler à voix basse. De ses deux mains accrochées à ses larges épaules, elle l'avait remué par des petites saccades. Cette première tentative n'avait pas été couronnée de succès, pas plus que les suivantes, où elle avait imprimé des secousses plus vigoureuses sur le buste de son compagnon inanimé. L'évidence avait alors traversé son cerveau. Elle avait relâché son étreinte brusquement, était remontée sur son lit et s'était traînée au fond de sa couche, tandis que le corps délaissé se maintenait contre les barreaux de fer. Depuis lors, elle demeurait prostrée dans la même position.

En lutte contre elle-même, elle se ressaisit, en partie tout du moins. Elle scruta l'ensemble de sa cellule, à la recherche d'un détail supplémentaire, d'une information importante. Elle ne trouva rien de plus que le plateau-repas abandonné au sol. Les restes de nourriture et les déjections prouvaient que quelqu'un avait été séquestré ici il n'y avait pas si longtemps. La jeune fille devait se raccrocher à cet espoir. À présent, Annie devait certainement être détenue dans une nouvelle pièce de la maison. Oui, c'était cela, Christine voulait sans doute les isoler l'une de l'autre pour augmenter leur détresse et ne pas leur laisser la possibilité de se soutenir l'une l'autre. Si Julia ne pouvait rien faire dans l'état actuel des choses, elle devait conserver sa force mentale pour profiter de la moindre occasion qui se présenterait pour agir.

Elle observa pour la énième fois le soupirail mais ne se donna pas la peine de s'en approcher. Certes, atteindre cette ouverture serait éprouvant, car son défunt acolyte gisait juste en dessous, mais ce n'était pas le problème majeur. Comment aurait-elle pu venir à bout des deux barreaux qui en obstruaient l'accès ? Ne restait que la porte. Elle devait à coup sûr être fermée à clé. De plus, Christine se trouvait sans aucun doute en haut, mais Julia ne pouvait pas se contenter d'attendre. En dépit du peu d'espoir qu'elle avait, elle se leva et se dirigea vers le palier d'un pas mal assuré.

Un râlement l'interrompit. Son corps entier s'orienta vers la source du bruit par pur réflexe, alors qu'elle-même se sentait paralysée de peur à l'idée qu'un mort pût émettre un tel bruit. Ou s'agissait-il d'un phénomène naturel qui accompagnait le début de la décomposition du cadavre ? Une dizaine de secondes lui furent nécessaires pour chasser toute confusion de son esprit. Elle courut et s'accroupit à la hauteur de son compagnon.

« Monsieur ? Monsieur, Paul, ça va ? »

Il leva la tête et lui offrit un visage grimaçant. La douleur de la blessure causée par le couteau se ravivait au moindre mouvement de son corps.

« Franck, mon nom est Franck. Je vais bien petite, ne t'inquiète pas. »

Julia le regarda, incrédule. S'il essayait de la ménager, c'était raté. Ses vêtements imbibés de sang le desservaient plus qu'autre chose, et il était inutile d'être diplômée en médecine pour jauger la gravité de sa plaie, même cachée. Comme s'il pouvait lire dans ses pensées, il reprit.

« Tu ne me crois pas, je comprends. Ça va aller, promis. Je ne vais pas te dire que ça ne fait pas mal, ça fait un mal de chien. Mais si je peux te répondre, c'est qu'aucun point vital n'a été touché, sinon nous n'aurions pas cette conversation.

– Pardon, monsieur, c'est ma faute. » Elle ne put poursuivre. Ses yeux s'emplirent de larmes et évacuèrent avec elle une partie de la pression qui l'accablait.

« Mais non, enfin, tu n'y es pour rien. Je me demande bien comment tu as pu te retrouver dans ce foutu guêpier par contre.

– Euh, en fait, les dernières fois où j'ai passé du temps avec Christine, je l'ai trouvée changée, un peu distante, vous voyez ? Je pensais que peut-être elle avait aidé Annie à fuguer, ou alors qu'elle la cherchait de son côté et qu'elle avait un indice. Je suis tombée sur elle par hasard ce soir et je l'ai suivie, par instinct. »

L'adolescente ne put tenter de lire la réaction de Franck

dans ses yeux mi-clos. Avait-il cru à son histoire en partie tirée de sa propre aventure ? Elle avait prévu cette petite explication pour sa mère, pour Christine elle-même si jamais elle la croisait, ou encore pour toute personne qu'elle serait amenée à rencontrer. C'était faible, mais elle devait bien justifier sa présence. Tout sauf raconter l'existence de ses visions.

Contre toute attente, il ne remit pas en doute sa version des faits. Le choc de la situation actuelle, peut-être, pensa-t-elle.

« Et bien tu n'es pas tombée loin. Malheureusement pour toi, d'ailleurs. Tu te demandes peut-être pourquoi je me trouve ici. Pour tout te dire, j'espionne Christine depuis longtemps. À la base, je voulais l'empêcher d'agresser une autre personne, mais je n'étais pas en filature au moment où elle a attaqué Annie. Et je n'avais jamais réussi à localiser sa planque avant aujourd'hui. J'aurais dû prendre davantage de risques lors de mes surveillances, j'ai bien trop attendu. C'était stupide de ma part. J'aurais pu la sauver bien plus tôt, et tu n'aurais pas été mêlée à cette sordide affaire.

— Une autre personne ? Elle a déjà séquestré quelqu'un ? Je n'ai pourtant jamais entendu parler de disparition avant.

— Et c'est bien normal. Ça ne s'est pas passé ici, mais chez moi, à plusieurs centaines de kilomètres. C'est mon fils que Christine a enlevé.

— Votre fils ?

— Oui. Je n'ai jamais réussi à prouver sa culpabilité, pas plus que la police. J'ignore s'ils n'ont jamais pris cette piste au sérieux d'ailleurs. Enfin bref, elle a déménagé avec ses parents quelques mois après l'affaire, et je les ai suivis dès que j'ai pu. J'ai même hésité à la séquestrer moi-même pour la forcer à avouer, mais je n'ai pas osé aller jusque-là. J'ai peut-être eu tort. J'espérais la coincer sur le fait et la faire arrêter, afin d'obtenir enfin les réponses sur mon fils. On ne l'a jamais retrouvé, malgré les nombreuses battues citoyennes organisées. J'ai aussi ratissé plusieurs fois les forêts aux alentours, sans succès. Je ne suis pas naïf, j'ai conscience que ses chances de survie sont quasi nulles. En venant habiter ici, si loin de chez nous, Christine ne peut même plus lui apporter de la nourriture. Mais je ne peux me résoudre à l'accepter tant qu'elle ne l'aura pas prononcé de sa bouche. Voilà, en résumé. Je suis désolé, c'est un peu traumatisant, et pas bon signe pour notre avenir à tous les deux, mais étant donné la situation, je me dis qu'il faut que tu sois au courant.

— Mais pourquoi n'avez-vous pas contacté la police si vous saviez tout ça ? Ils auraient pu l'arrêter, ou la suivre comme vous avez essayé de le faire. » Sa rapidité d'élocution naturelle était revenue. Loin de la choquer, le récit de Franck l'avait au contraire soulagée. Plusieurs pièces du puzzle s'assemblaient enfin, ses visions devenaient compréhensibles.

« J'aurai pu, c'est vrai. C'est ce que j'ai fait la dernière fois, et ce fut inutile, à part me rendre suspect à leurs yeux. À partir de ce moment, je n'ai rien pu faire pour arrêter Christine, mes moindres faits et gestes étaient épiés, et je devais prouver mon innocence par-dessus le marché. Ici, j'avais aussi peur que Christine se sente acculée et tue Annie pour supprimer son témoignage. Tant qu'elle n'apprenait pas ma présence dans cette ville, je pensais avoir un peu de temps devant moi. Mais quand je vous ai croisées aujourd'hui, j'ai compris que je devais agir au plus vite. Je l'ai suivie en ne prenant que peu de précautions, quitte à devoir la menacer si jamais elle me surprenait. » Il s'interrompit et dévisagea la jeune fille. « Que t'arrive-t-il ? C'est normal de craquer, tu sais, tu peux pleurer. Je vais tout faire pour nous sortir de là, je te le promets. Nous sommes prisonniers, mais au moins nous sommes deux. »

Elle ne répondit pas tout de suite. Une image était revenue à elle, une seule. Elle s'était incrustée dans un coin de cerveau et ne semblait plus vouloir la quitter. Ses yeux s'étaient humidifiés, quelques gouttes avaient commencé de perler le long de son visage sous le regard soucieux de son ami. Elle ne pouvait rien lui dire.

« Non, ce n'est rien, vraiment. L'émotion et tout et tout. — Ne t'inquiète pas, nous retrouverons Annie, et je découvrirai où Christine a retenu Jonathan, mon fils. »

Ce fut le mot de trop. Julia ne put se contenir plus longtemps. Ses lèvres se mirent à trembler, ses yeux se plissèrent plusieurs fois jusqu'à se remplir de larmes. Elle baissa la tête, les muscles de son corps contractés sous l'inéluctable affliction.

Franck posa sa main sur son épaule malgré la douleur engendrée par ce simple geste. Il ne dit rien, la situation ne permettait pas de donner d'espoir inutile.

« Ce n'est pas ça, articula-t-elle par à-coup. Vous ne pourrez pas sauver votre fils. Il est déjà mort !

— Quoi ? Mais qu'est-ce que tu racontes ? D'accord, il n'y a qu'une infime chance, mais je ne peux pas renoncer, tu dois le comprendre, non ? Et comment pourrais-tu l'avoir appris, Christine n'a rien pu te dire, tu ignorais tout de ce qu'elle avait fait avant ce soir ! » Sans le vouloir, la confusion face à la certitude de la petite et le choc de la nouvelle lui avait fait hausser le ton.

« Je ne vous ai pas tout dit. Mais vous n'allez pas me croire, ajouta-t-elle entre deux sanglots. Je n'ai pas suivi Christine aujourd'hui, je savais qu'Annie se trouvait ici. »

Continuer de garder le secret du jeune garçon aperçu dans sa vision était impossible. Il ne pouvait s'agir que de Jonathan, elle en était persuadée. Les chances d'accorder crédit à ses élucubrations étaient minimes, voire nulles, mais se contenir plus longtemps lui paraissait inconcevable.

« Je comprends de moins en moins. Pourquoi n'as-tu rien dit plus tôt à la police si tu savais tout ? » Après quelques secondes, sa mine interloquée laissa place à un intérêt certain. Il poursuivit. « Pardon, reprends ton calme. Ensuite, je crois que tu as beaucoup de choses à me raconter. »

Julia se concentra sur sa respiration. Une fois qu'elle se sentit en mesure d'articuler une première phrase de bout en bout, elle lui expliqua son histoire dans son intégralité. Il l'interrompit peu, sans remettre en cause une seule fois son récit. Une fois fini, il la regarda, pensif.

« Bon, sincèrement, je ne sais pas quoi te dire. Je n'ai pas l'habitude de croire à ce genre de chose, mais étant donné notre situation, je ne vois pas l'intérêt que tu aurais à inventer ça pour me cacher quoi que ce soit. Je ne sais pas... Si jamais ce phénomène se produit, préviens-moi, peut-être que ça pourrait nous aider. Donne-moi deux petites minutes, ensuite je pourrais essayer de me relever. »

Julia ne trouva rien à répondre. Pas besoin d'être experte

pour se rendre compte que son histoire laissait Franck sceptique. Enfin, il semblait la croire à moitié, ce n'était pas si mal en fin de compte. Surtout, le poids sur sa poitrine avait presque disparu. Plus de mensonges, plus de secrets (tout du moins avec lui), elle pouvait se concentrer pleinement sur leur évasion.

Un craquement sinistre se fit entendre et parut résonner dans toute la maison. Les deux prisonniers levèrent les yeux l'un sur l'autre. C'était elle. La jeune fille bascula tout à coup en arrière. Son compagnon la rattrapa par les épaules et lui évita une chute certaine.

« Qu'est-ce qui t'arrive, Julia ? Mais tu saignes ! Attends, je dois avoir un mouchoir dans ma poche. Hé, ça va ? »

Il appuya le morceau de tissu sur la narine tout en continuant de parler. Si les yeux de l'adolescente restaient ouverts, ils semblaient regarder à travers lui. Son visage tout entier avait l'air figé dans le temps. Comme une poupée, imagina-t-il d'abord, comme une morte, pensa-t-il ensuite dans un frisson. Il la plaça contre le lit, puis lui tapota légèrement la joue. Un nouveau bruit se produisit, très distinctif cette fois. Une porte. Il fut soulagé de voir les paupières de son amie trembler, ses muscles se relâcher. C'était comme si après avoir disparu soudainement, sa vitalité émergeait à nouveau.

« Tu vas bien petite ? Tiens, garde bien le mouchoir sur ton nez, le temps que l'hémorragie s'arrête.

— Ah, je saigne encore, répondit-elle sans surprise. Merci beaucoup.

— Tu as été choquée d'entendre Christine arriver, hein ? Je te comprends, tu sais. Mais c'est étrange, les bruits se sont tus. Elle a dû changer d'avis. Pas la peine de se réjouir, elle va sûrement venir.

— Merci, mais ce n'est pas ça. Ça s'est produit une fois de plus, mes visions je veux dire. »

Franck resta interdit quelques instants. Il ne pouvait toujours pas vraiment y croire, mais la réaction physique de la jeune fille avait été si singulière. En fin de compte, il n'était peut-être pas question de rêves éveillés ou d'impressions de déjà-vu, comme il l'avait supposé de prime abord.

« Et tu saignes à chaque vision ? Ce n'est pas normal, ça doit être dangereux pour ton corps. Mais comme tu ne peux pas le contrôler, ton pouvoir je veux dire, on n'a aucun moyen d'y remédier pour le moment.

– Je n'avais rien au début, ni saignement ni maux de tête. Et oui, ça me fait un mal de chien au crâne parfois. Pardon pour l'expression, lâcha-t-elle dans un sourire en se masquant la bouche de sa main droite. C'est de plus en plus souvent maintenant.

– Je suis désolé si j'ai eu l'air de ne pas te croire tout à l'heure. Ça paraît tellement... gros, tu comprends ? Quand on s'en sera tirés, je te promets de t'aider à trouver un moyen de stopper ça, ça me semble trop risqué. Raconte-moi ce qu'il s'est passé dans ta vision s'il te plaît.

– Pas grand-chose, c'était très rapide cette fois. Je me suis juste vu frapper Christine, c'est tout.

– Rien d'autre ? C'est tout de même bon signe, ça signifie qu'on aura l'occasion de s'en sortir.

– Oui, mais j'ai lu que toutes les visions ne se réalisent pas. La moindre décision peut changer le futur. Vous savez, c'est vraiment bizarre de se regarder en train de faire quelque chose, comme une spectatrice.

– Attends, tu veux dire que dans tes rêves, pardon, tes prémonitions, tu n'es pas en train d'agir ? Un peu comme si tu observais la scène avec les yeux d'un autre ?

– Oui, c'est exactement ça. »

Il la fixa d'un air songeur, pas certain de croire lui-même à l'hypothèse que son cerveau avançait.

« Ce que je vais te dire va sûrement te sembler étrange, mais j'imagine que nous ne sommes plus à ça près. Et si les visions que tu avais n'étaient en fait pas un pouvoir, mais des sortes de messages envoyés par Jonathan ?

– Par votre fils ? Mais comment ça ?

– Je ne sais pas trop, mais avoue qu'au point où nous en sommes, tout est possible. »

Il s'interrompit. En haut, la porte venait à nouveau de s'ouvrir.

« Elle descend nous voir cette fois, j'entends ses pas. Je dis juste que comme tes prémonitions ne se sont jamais produites avant cette affaire, il s'agit peut-être de l'esprit de

Jonathan qui essaie de te prévenir pour t'aider à sauver Annie. Et il a pu communiquer avec toi car tu as une sorte de prédisposition psychique, je ne sais pas.

— Mais comment pourrait-il faire ça ?

— Je l'ignore, c'est aussi irrationnel que de posséder un tel pouvoir, mais c'est possible. »

La discussion s'arrêta. La porte de la pièce venait de s'ouvrir sur Christine.

41

« Et bien et bien et bien, vous êtes en forme à ce que je vois. Vous êtes peut-être en train de comploter un plan pour vous évader ? Mon Dieu, vos mines sont si contrastées, je ne sais pas comment me sentir face à vous. »

Elle se tut. Resteraient-ils muets comme une tombe, ou bien l'un d'eux prendrait-il la parole pour la divertir un peu ? Elle les considéra l'un après l'autre. Lui la fusillait du regard. Malgré la situation, elle ne percevait chez lui aucun doute. Après tant d'attente, tout ce qu'il espérait en cet instant était d'obtenir enfin la vérité sur son fils. Elle répondit à sa mine sombre, presque assassine, par un sourire satisfait. Sa camarade affichait la même mine médusée que dans le jardin, comme si elle découvrait son identité une nouvelle fois. La panique la paralysait toute entière et la laissait telle une statue aux côtés de son compagnon. Christine était toujours aussi perplexe. Son amie était la dernière personne qu'elle s'était attendue à voir ici. C'était elle qui cherchait des explications maintenant, un comble. Cela ne lui plaisait pas du tout.

Bien sûr, elle aurait aimé faire durer le plaisir. Elle savait d'expérience que si la discussion se prolongeait, l'un ou l'autre finirait par craquer. Mais elle ne devait pas perdre davantage de temps. Elle ne pouvait pas se permettre de garder les deux en vie, ce serait trop dangereux. Ce fut elle qui brisa le silence.

« Mais enfin, Julia, pourquoi tu es venue te fourrer là, toi ? Je t'aimais bien moi. On aurait pu rester amies pendant tout le lycée, peut-être même pendant des années. C'est peut-être vous qui l'avez embarquée dans ce guêpier ? Vous n'avez pas honte de la situation dans laquelle elle se trouve maintenant ? »

Tout en parlant, son poignet droit enchaînait des petits moulinets et faisait danser sa longue lame dans les airs. Elle s'arrêta en apercevant un sourire narquois apparaître sur le visage de Franck. Elle pointa l'extrémité du couteau affilé dans sa direction.

« Qu'est-ce qui te faire marrer, toi ? Tu crois avoir une chance de t'en sortir ?

– Pas la peine de t'énerver, ma chère Christine. Tu es juste complètement à côté de la plaque. Vu la situation, c'est plutôt risible que ce soit toi qui perdes ton sang-froid, non ?

– Je ne m'énerve pas, cracha-t-elle entre ses dents. Ce que tu peux être agaçant. Tu imagines peut-être que tu as la moindre chance de t'en sortir ? Tu crois que nous sommes ici par hasard, que j'ai choisi la première bicoque venue ? Je peux vous cuisiner pendant des jours jusqu'à obtenir ce que je veux, personne ne vous entendra. Et je pense que Julia se montrera vite plus loquace si je commence par t'arracher un œil, n'est-ce pas ? »

Elle s'arrêta. Surtout ne pas perdre son calme pour si peu. D'accord, elle ne comprenait pas tout à la situation actuelle et tout aurait pu virer à la catastrophe tout à l'heure. Il s'en était fallu de peu, mais au final, elle restait maîtresse du jeu. Elle devait se contenter de procéder comme elle l'avait toujours fait, et tout rentrerait dans l'ordre. Elle plongea son arme tranchante dans son étui puis s'autorisa une longue et discrète expiration avant de reprendre. Son visage ne laissait plus transparaître aucun signe de doute ou d'irritation.

« Personne ne viendra vous chercher ici avant un moment, je vous le garantis. J'ai mis du temps à trouver l'endroit idéal, à la fois à l'écart d'autres habitations, tout en étant assez proche pour m'y rendre à pied. Je ne pouvais pas me permettre d'utiliser une maison abandonnée. La police a dû les visiter en premier, et le risque de squat par quelqu'un était trop grand. Non, une résidence secondaire, voilà qui était parfait. Il fallait juste veiller à ce qu'elle ne soit pas louée ou prêtée, mais les gens d'ici sont si loquaces que je n'ai pas eu tant de mal que ça à dénicher la perle rare.

– Mais les propriétaires peuvent tout de même venir à

tout moment, non ? se hasarda Julia.

— Ne rêve pas trop, ma chérie. Les proprios sont un couple de vieux qui ne résident dans le coin que pour la belle saison. Les flics sont passés à côté de ce genre de logement. Dans cette baraque, j'étais tranquille. Enfin, jusqu'à aujourd'hui. Et oui Franck, je peux t'appeler Franck ? On va dire que oui. Pour tout t'avouer, c'était exactement la même chose avec Jojo, sauf que tu ne m'as pas trouvée cette fois-là, tu devais être moins...

— Je t'interdis de parler de lui ! Et encore moins avec son surnom ! »

Il n'aurait pas dû essayer de se relever tout en vociférant contre l'arrogance de cette gamine. La plaie sembla se déchirer à nouveau et lui renvoya une souffrance difficilement supportable. Était-ce le sang qu'il sentait couler sur sa peau, ou bien n'était-ce qu'une impression due à la douleur ? Il ne prit pas la peine de vérifier. Il s'efforça de masquer son grimacement en arborant une expression haineuse, mais le résultat de ses contractions ne pouvait dissimuler ses tourments. Sa volonté flancha presque au moment de prononcer les mots qui lui brûlaient les lèvres depuis tant de temps.

« Qu'as-tu fait de Jonathan ? Qu'as-tu fait de mon fils ? Dis-le-moi ! Je mérite de le savoir, au point où nous en sommes, non ? »

Il tenta de sonder le regard de l'adolescente. Rien ne vint troubler le rictus haineux figé sur son visage.

« Allons, allons, ne sois pas pressé. À ton avis, mon cher Franck, où peut bien être Jojo maintenant ? Pardon, Jonathan, je vais arrêter, promis. J'ai peut-être un complice qui prend gentiment soin de lui. Tu ne veux pas deviner ? Tu n'oses pas ? Bon, Ju', reprit-elle après un bref silence, tu vas reculer et t'installer bien sagement dans le lit pendant que je m'occupe de notre camarade, d'accord ?

— Que... Que vas-tu lui faire ? réussit-elle tant bien que mal à bredouiller.

— Oh, ne t'inquiète pas, va ! Je vais juste l'attacher avec cette corde, tu vois. » Elle souleva la future entrave fixée à sa ceinture pour attester ses paroles et commença à descendre les marches. « Allons, allons, plus vite que ça, pas question de t'avoir dans mes pattes une fois arrivée en bas, je te préviens. »

Moins dans le ton de sa voix que dans ses yeux, l'ordre se voulait menaçant. Il ne souffrait d'aucune discussion, d'aucune attente. Le cœur de Julia l'écrasait, elle ne parvenait pas à faire le moindre geste pour s'exécuter. Ce qui restait de sa volonté semblait bien loin de suffire pour forcer ses propres jambes à se lever. Sa vue troublée était toujours fixée sur son ancienne amie, dont la mine devenait plus sévère à chaque marche descendue. Des gouttes de sueur coulaient sur sa peau. L'affolement la gagna et provoqua une sensation de brûlure dans sa tête. Elle lança un regard suppliant à Franck. Celui-ci posa sa main droite sur son épaule et lui adressa l'expression la plus rassurante qu'il pût.

« Vas-y. » se contenta-t-il de répondre à sa demande silencieuse. Les mots étaient de toute façon inutiles.

La bienveillance de ce simple geste permit cependant à l'adolescente de se déplacer avant une nouvelle menace. Par de pénibles mouvements, elle rampa plus qu'elle ne marcha jusqu'au matelas. Elle s'y hissa tout en veillant à ne jamais se retrouver avec Christine dans son dos, sans pour autant oser le moindre coup d'œil direct. Pour finir, assise sur les fesses, elle recula et s'installa au fond du lit. Elle ne put offrir autre chose qu'un sourire beaucoup trop crispé en réponse au regard soucieux de son compagnon. Un bruit de frottement suivi d'un léger claquement attira leur attention. En bas de l'escalier, Christine s'était emparée de la corde avec sa main gauche.

« Ça y est, vous vous souvenez que je suis là ? Merci, Ju', tu peux te tenir tranquille maintenant. J'espère au moins que toi tu n'es pas gênée si je continue de t'appeler ainsi. Tu ne peux pas savoir comme ça me chiffonne de me retrouver dans cette galère avec toi. Enfin bref, ça devait être le destin, un truc du genre. Franck, Franck, Franck, puis-je compter sur toi ? Es-tu capable de rester bien sage pendant que je t'attache, ou alors suis-je forcée de menacer notre amie commune pour que tu te montres coopératif ? »

Elle laissa passer cinq secondes avant de continuer et s'avancer.

« Je vais prendre ce silence et ce regard dédaigneux pour

un oui. »

Elle s'arrêta à ses pieds et le toisa quelques instants pour marquer sa supériorité et son emprise sur la situation. Sur ses gardes, elle se pencha légèrement, tout en vérifiant qu'il ne manifestât aucun signe de rébellion.

« Tends tes mains serrées devant toi, que je puisse les attacher. Et baisse la tête, je n'en peux plus de ta mine accusatrice. »

Il s'acquitta des demandes sans rien laisser paraître. Christine approcha la corde. Dans le même temps, elle passa avec discrétion sa main droite dans son dos. Julia observa la manœuvre sans se sentir la force d'intervenir ou d'ouvrir la bouche. Leur tortionnaire lança alors son bras droit en avant de toutes ses forces. Le coup brusque jaillit en direction du crâne de Franck pour le fracasser. D'un mouvement de recul improbable, celui-ci évita le choc. Malgré sa position, il avait perçu le geste si vif. Si elle avait agi plus lentement, il n'aurait certainement pas discerné l'attaque-surprise, pensa-t-il.

Le bâton effleura quelques mèches de cheveux avant de terminer sa course contre les barreaux en fer du lit. La dureté du heurt résonna dans tout le bras de Christine. C'était le moment, Franck pouvait enfin riposter. Il ne pouvait utiliser que son poing droit, car le moindre geste de l'autre côté de son buste aggravait la souffrance de sa blessure et l'empêcherait de combattre avec force. Il jeta sa main fermée en direction de l'estomac de son adversaire de toutes ses forces. Il ne trouva jamais sa cible.

Malgré la vitesse surprenante à laquelle son prisonnier s'était écarté, à aucun instant, pas même une fraction de seconde, Christine ne perdit pied. D'un habile mouvement de va-et-vient, elle arma un coup dans l'autre sens et frappa. La trajectoire fluide atteignit cette fois son but. Un craquement lugubre jaillit de l'impact. La tête, déjà baissée, s'affaissa avec violence quand le bâton s'écrasa au-dessus de la nuque. L'espace d'un instant, le bras de l'attaque avortée de Franck resta suspendu en l'air, comme figé. Il allait s'écrouler à son tour lorsque la jeune fille abattit de toutes ses forces son arme sur le poignet. Muet jusque-là, Franck laissa échapper une lamentation sinistre et saisit de sa main valide son membre meurtri.

Profitant de l'occasion, Christine abandonna son bâton au sol et attrapa les deux mains. Elle commença à enrouler sa corde en donnant des coups secs à chaque tour pour serrer au maximum les liens.

« Tu n'aurais pas dû faire ça. Non, tu n'aurais pas dû. » cracha-t-elle d'une voix tremblante de haine.

Soudain, elle bascula en avant. Elle s'écrasa sur l'homme qui semblait dans une espèce d'hébétude depuis ses attaques. Ils chutèrent ensemble, leurs corps joints l'un contre l'autre. Sa tête, posée sur l'épaule de son captif, se cogna contre le mur brut. Elle rebondit en arrière et abandonna là plusieurs cheveux arrachés, restés collés aux briques avec son sang. Qu'il fut maudit ! pesta-t-elle intérieurement. En dépit de toutes ses blessures, cet increvable type était parvenu à tirer d'un coup fort sur la corde. La secousse, trop prompte pour ses réflexes, ne lui avait pas laissé le temps de contrer ou de reprendre son équilibre. Elle lança son bras derrière elle en direction du bâton mais ne réussit qu'à brasser l'air. Elle était bien trop loin pour espérer l'atteindre. Sa tentative stérile lui coûta cher. Franck ne se priva pas de profiter de cette occasion en or. Il secoua ses mains comme un forcené pour desserrer ses entraves, attrapa son agresseuse qui peinait de son côté à retrouver sa stabilité et la projeta de toutes ses forces restantes contre le cadre de lit. Il appuya de tout son poids le corps contre la structure pour la maintenir la pression mais sentit rapidement que la résistance de l'adolescente serait difficile à contenir.

« Vas-y ! Pars, vite ! » s'égosilla-t-il en direction de la couchette. L'injonction se propagea telle une brûlure jusque dans ses poumons.

Julia ne bougea pas. Il voyait les yeux de la jeune fille éplorée se noyer dans les siens, comme une poupée inanimée. Pétrifiée d'épouvante, elle ne pourrait sans doute pas agir seule. Leur fenêtre de tir était infime, ils devaient en profiter coûte que coûte. Une fraction de seconde lui suffit pour élaborer un plan rudimentaire. Frapper encore Christine pour gagner quelques instants, attraper Julia et la traîner à sa suite sans cesser de lui parler. Et ne pas oublier de donner de nouveaux coups à leur ennemie au passage. S'ils laissaient filer cette aubaine, ils s'en mordraient les doigts.

Il prit appui sur le cadre de lit pour se redresser. Debout, la puissance de ses poings augmenterait.

« Julia ! Dépêche... »

La dernière syllabe mourut dans sa bouche et le silence s'empara de la pièce. Seul un halètement irrégulier et de plus en plus ténu vint le troubler. De sa position, le cerveau de Julia devinait plus qu'il ne voyait l'action. Plusieurs légers bruits de frottement se succédèrent en l'espace d'à peine deux secondes. Le corps rejeté s'écroula au sol. Son épaule puis sa tête heurtèrent tour à tour le ciment dur et froid en deux brefs impacts résonnants. Puis plus rien.

42

L'adversaire se releva, non sans manifester des signes de douleurs dus à la lutte aussi éphémère que violente. Ses pieds la guidèrent de façon presque mécanique en direction du lit, accompagnés par des gouttes rouges tombant par terre à chaque pas. Sans prendre la peine de l'essuyer, sa main tenait avec une fermeté excessive le poignard ensanglanté. L'adolescente ne sentait plus ses ongles déformer la chair de sa propre paume, déterminée à ne pas lâcher l'arme qui venait sans doute de lui sauver la mise. Avec le bâton déjà dissimulé dans son dos, ce minable avait dû oublier qu'elle possédait un surin. Prévoir toujours deux, trois coups d'avance, voilà ce qui lui avait permis de sans sortir quelque fût la situation. Franck avait foncé tête baissée, il en payait le prix.

Elle ne prit pas la peine de tourner la tête lorsqu'elle entendit les dernières lamentations de la brève agonie de son adversaire. Son attention tout entière se portait sur Julia.

« À ton tour à présent. »

Le ton amical avec lequel elle s'était adressée à elle jusqu'à maintenant avait disparu. Franck lui avait fait perdre toute patience.

« Je ne vais pas te poignarder, ne t'inquiète pas. Enfin, sauf si tu m'y forces. Je n'avais même pas prévu d'en finir avec Franck, tu sais, ou plutôt pas aussi vite. Tu vas avancer vers moi à présent, et ensuite t'allonger sur le ventre, les mains dans le dos. Je ne veux plus de mauvaises surprises. »

Son amie n'obtempéra pas. Son regard pointait à peine dans sa direction. Était-elle à ce point paralysée par la peur ? L'impatience gagna Christine en très peu de temps.

« Il faut vraiment que je vienne te chercher ? » aboya-t-elle en visant de son arme entre ses deux yeux.

Cela ne lui ressemblait pas de s'emporter outre mesure. Même confrontée à des imprévus, elle était toujours parvenue à contenir sa colère à un niveau acceptable. Ce soir était différent, elle devait se dépêcher. Elle monta sur le lit pour la rejoindre. Si elle devait s'occuper d'elle comme d'une marionnette, et bien soit ! Julia ne manifesta aucune réaction à son approche, aussi lui saisit-elle la main droite d'une poigne ferme, dans le but de la rabattre dans son dos pour la plaquer contre le matelas. La bouche face à elle s'ouvrit. Avant de vraiment comprendre ce qui se passait, sa camarade lui cracha au visage.

« Bordel ! Mais qu'est-ce qui te prend, tu crois que tu vas faire quoi là ? » hurla-t-elle tout en brandissant son couteau. Une brusque douleur à la tempe la força à relâcher ses étreintes. Occupée à fusiller son amie du regard, à aucun instant elle n'avait vu l'attaque venir.

Julia asséna un deuxième coup, puis un troisième, cette fois-ci en direction de l'épaule. La distraction, presque risible au moment de l'avoir imaginée, avait eu l'effet escompté. Elle profita de la chute de Christine en arrière pour s'extirper du lit. Elle lâcha au passage l'objet qu'elle avait tenu si fort entre ses doigts depuis qu'elle s'était assise dessus par mégarde, au moment où elle avait reculé au fond du matelas. Le presse-papier chuta au sol, rebondit une fois avant d'exploser en morceaux au second impact.

Les images désordonnées qui avaient fusé dans sa tête à l'instant où elle avait posé sa main sur le cube en verre lui avaient sauvé la vie. Enfin, elles lui en donnaient l'opportunité. Elle avait vu dans cette vision sa seule chance de fuir, peu importait tout ce qui se passerait autour. Dès lors, elle avait stoppé tout mouvement et s'était contentée d'attendre. Impassible, elle n'avait pas pris la peine de tenter de profiter de l'assaut désespéré de Franck pour s'échapper. Ni même de lui adresser un signe dans sa direction pour lui répondre. Elle s'était sentie désemparée pour lui, minable, mais quelque chose au fond d'elle-même lui intimait de ne pas bouger, pas encore. Puis Christine s'était approchée. Ce passage ne faisait pas partie de sa prémonition, mais une voix dans sa tête lui avait soufflé d'agir. L'idée du jet de salive lui était venue par instinct, quand elle avait vu le visage malveillant si proche du sien.

La peur, loin de l'avoir quittée à la suite de sa hardiesse éphémère, l'empêchait d'avancer très vite. Elle clopinait tant bien que mal vers la sortie à une allure à peine rapide. Le temps lui paraissait extrêmement long, mais aucun son ne surgissait dans son dos. L'avait-elle assommée ? Hors de question de perdre ne serait-ce qu'une seconde pour vérifier, elle devait se hâter. À l'instant où elle posa son pied sur la première marche, ses forces semblèrent lui revenir. Elle poussa sur sa jambe et entreprit son ascension vers la sortie. D'abord ce premier escalier, puis le second, derrière la porte. Elle était quasi certaine que celle-ci était restée déverrouillée. Sinon... Sinon, mieux valait ne pas y penser. Elle avait l'impression de grimper les marches quatre à quatre, elle en souriait presque. En réalité, elle était loin de progresser si vite.

Sa main se crispa sur la rampe lorsque, semblant sortir d'outre-tombe, une voix la héla.

« Qu'est-ce que tu crois faire, là ? Arrête-toi ! »

Le bruit distinctif de chaussures touchant le sol accompagna la sommation.

Julia ne se paralysa pas. Au contraire. Elle accéléra et effaça le premier obstacle. Elle s'était juré de ne pas le faire, par crainte de voir son courage vacillant s'écrouler, mais elle ne put se retenir plus longtemps. Les grognements dans son dos l'intriguaient trop. Du coup d'œil qu'elle se risqua à jeter, elle se rendit compte que ses attaques avaient eu encore plus d'impact que prévu. Les yeux injectés de haine la foudroyant du regard, son ancienne camarade se traînait, une main posée contre son crâne. La blessure causée par le verre devait être sérieuse, pour la handicaper à ce point. Revigorée par cette vision cette fois bien réelle, Julia traversa la petite plate-forme, attrapa la poignée et tira.

Elle leva la tête. Une lumière blanche l'accueillit. La porte donnant sur le rez-de-chaussée était entrouverte. Elle monta, tout en prenant le temps de fermer derrière elle. Non pas qu'elle escomptait ralentir sa poursuivante, mais plutôt pour savoir quand celle-ci arriverait à son tour à ce niveau. En prenant appui sur les murs de l'étroit passage, elle se donna assez confiance pour franchir certaines marches deux par deux. Elle sentait néanmoins ses mains commencer à trembler. Sa montée d'adrénaline l'abandonnait-elle déjà ? De nouvelles gouttes glissèrent le long de ses joues pour accompagner ses doutes. Plus elle avançait, plus l'issue lui paraissait lointaine. Elle se força cependant à ne pas détourner le regard de son objectif.

Sans savoir si plusieurs secondes ou quelques minutes s'étaient écoulées, elle prit conscience qu'elle était presque arrivée au bout, en tout cas assez haut pour découvrir que l'escalier débouchait sur une cuisine. À cet instant, une détonation éclata. La frayeur s'immisça à toute vitesse au plus profond de la jeune fille avant que son cerveau n'eût le temps d'en élucider l'origine. Elle pâlit alors d'effroi en imaginant la violence que Christine avait dû employer pour faire la voler la porte, dont le bois s'était certainement en partie brisé contre le mur par la brutalité de l'impact. Cette fois, aucune invective furibonde n'accompagna sa brusque arrivée. Seulement les frottements de ses pas. Julia devait lutter. La tentation de céder face à la peur, d'abandonner cette course-poursuite idiote faillit l'emporter, tant l'espoir d'évasion semblait s'envoler. Des images de Franck apparurent, d'abord lors de leur discussion, puis après son funeste combat. Était-ce un souvenir ou une vision fugitive ? C'était presque sans importance à cet instant. Encore un effort, elle ne devait pas tout gâcher. Pas juste pour elle, mais pour le sacrifice de Franck, et pour Annie également. Elle avait presque oublié qu'elle restait la seule chance de survie de son amie, à n'en pas douter.

Elle traversa l'entrebâillement de la porte en la frôlant à peine et poussa de ses deux mains pour la refermer. Elle déchanta aussi vite qu'elle avait espéré en examinant les montants. Les trois verrous qui s'offraient à elle n'étaient constitués que de serrures. Pas de cadenas ou de bouton de ce côté pour séquestrer à son tour Christine. Elle n'avait pas le temps d'être déçue. Elle perçut ce qui devait être des injures être prononcées à mi-voix depuis l'escalier. Ces marmonnements inintelligibles n'annonçaient rien de bon, ils allaient nourrir l'animosité de leur bourreau et lui donner la force de la poursuivre de plus belle.

D'un mouvement de tête rapide, l'adolescente découvrit la cuisine, à la recherche d'une issue. Trois portes l'attendaient. Sans même la considérer comme une éventualité, elle délaissa celle menant au jardin et fonça d'instinct droit devant elle. À aucun instant ne lui vint l'idée d'ouvrir les tiroirs afin d'y trouver un couteau ou n'importe quel objet capable de servir d'arme tranchante ou contondante. Elle se retrouva dans un vestibule étroit. Les murs et le plafond avaient été peints d'une couleur claire difficilement identifiable, peut-être du jaune pastel, qui illuminait le passage et lui donnait un air bienveillant qui dénotait avec la situation actuelle. Julia n'avait d'autre choix que de le traverser. Une imposante porte de bois d'ébène lui faisait face à l'extrémité du couloir. Derrière devait se trouver la petite allée qui conduisait au portail. Il était trop tôt pour s'y intéresser. En revanche, l'objet de ses convoitises jouxtait l'entrée sur la droite. Un large escalier, doté d'un garde-corps blanc dont les traces de poussière n'atténuaient que peu l'éclat. Enfin. Enfin l'accès inespéré vers les chambres de l'étage. Dans l'une d'elles, elle retrouverait Annie.

Julia traversa le couloir à petites foulées hésitantes. Les lames du parquet répondaient à chacun de ses pas par de légers grincements dont elle ne réussit pas à se débarrasser, même en tentant de se déplacer à pas de loup tout en gardant sa vitesse. De sa démarche aussi rapide que mal assurée, elle effaça deux grandes portes vitrées sur sa gauche et atteignit les premières marches. Elle s'arrêta, la main posée sur la rampe. D'un brusque demi-tour, elle repartit en sens inverse, le sourire aux lèvres. Cette fois-ci, elle fonça d'un pas décidé et tourna la poignée, le regard plongé dans la longue chevelure apparaissant au-dessus d'un fauteuil en tissu marron noisette. Elle avait été à deux doigts de la manquer et de perdre un temps considérable, un temps fatal même, à la chercher au niveau supérieur.

Ça y était, elle allait enfin pouvoir mettre un terme à ce cauchemar.

43

Un mince rayon de soleil traversait une des portes-fenêtres du salon et coupait la pièce en deux telle une frontière impalpable. Le large siège était disposé à moins de deux mètres derrière l'ouverture, ce qui avait permis à Julia de repérer son amie sans mal. Elle attrapa l'épaule d'Annie qui dépassait légèrement sur la droite. Celle-ci n'avait pas osé se retourner. En entendant quelqu'un arriver dans son dos, elle avait dû penser que seul le regard terrifique et aliéné de Christine l'attendait. Tout espoir de lutte ou de fuite avait dû l'abandonner depuis longtemps. Isolée, sans aucun compagnon d'infortune pour la soutenir, elle avait capitulé devant son inéluctable destin. Elle ignorait sans doute que d'autres prisonniers se trouvaient dans la maison en même temps qu'elle. Et quand bien même elle l'aurait su, la mort certaine de ces nouveaux venus l'aurait plus accablée qu'autre chose.

Julia devait dire quelque chose, la prévenir que c'était elle, qu'elle ne devait plus s'en faire. Avant même de pouvoir prononcer une parole réconfortante, la jeune fille assise bascula dans le vide. Venant de son dos, elle n'avait pu anticiper le geste trop brusque de Julia et le haut de son corps soudain déséquilibré était parti vers l'avant. Elle tomba à la renverse, emportée par son élan. Impuissante, une main appuyée sur le dossier et l'autre toujours en l'air à l'ancienne position de l'épaule, Julia regarda la scène sans pouvoir intervenir.

« Pardon, Annie, j'y suis allée trop fort ! »

Elle ne fit pas attention au timbre aigu de sa voix qui porta en dehors de la pièce. Cela couvrit en partie les bruits en provenance de la cuisine, suffisamment en tout cas pour que Julia n'y prît pas garde. Sa concentration avait de toute manière fléchi devant l'urgence de porter secours à sa camarade. Elle s'agenouilla sans même y penser, alors que son amie basculait sur le dos dans son mouvement de chute contre le sol. Des larmes de soulagement apparurent et glissèrent sur sa peau juvénile. Elle apposa avec douceur sa main sur le ventre couché. Elle pouvait enfin rassurer Annie. Ses mots moururent dans sa bouche et disparurent dans l'atmosphère soudain trop lourde du salon. Ses lèvres entrouvertes se mirent à trembler, ses paupières se plissèrent sans toutefois parvenir à s'échapper de l'horreur surgie devant elle.

« Non ! » réussit-elle à prononcer d'une voix ténue, alors qu'un long hurlement parcourait ses entrailles tordues par la douleur.

Annie l'observait de ses beaux yeux verts teintés d'éclats orange. En vérité, son regard était porté droit au-dessus d'elle, en direction du plafond, mais Julia ne perçut pas cette mince nuance. Dans la pénombre naissante, l'expression figée sur son visage ne révéla d'abord aucune émotion, ni joie, ni peine, ni peur. Comme si sa vie s'était envolée sans avoir eu le temps de ressentir quoi que ce fût. Les paupières closes, on aurait pu la croire plongée dans un songe, dans les bras de Morphée. C'était sans compter le teint blême apparaissant à mesure que les yeux de Julia s'acclimataient à la luminosité ambiante. Le visage juvénile, si pâle, semblait lui-même crier d'effroi.

L'adolescente ôta d'un geste sec sa main du t-shirt soudain glacial. Assise à genoux, elle recula de quelques centimètres à peine, espérant créer une espèce de barrière plus mentale que physique entre elle et la tragique réalité. En dépit des haut-le-cœur provoqués par le contact visuel avec la triste dépouille, elle ne pouvait se résoudre à détourner le regard, comme si cela signifierait l'abandonner une seconde fois. Des crissements réguliers alertèrent soudain la fugitive. Le plancher du couloir, reconnut-elle après une éternité. Il était trop tard pour s'échapper ou se cacher. La porte vitrée du salon n'était même pas fermée, la faute à l'éphémère euphorie du sauvetage certain de son amie.

Elle leva les yeux et rencontra une des portes-fenêtres donnant sur le jardin. Dans une brève vision, elle se vit s'acharner sur la poignée alors que Christine surgissait pour l'attraper. Tout disparut d'un clignement de paupières. Une idée insensée lui traversa l'esprit. Elle fixa une deuxième ouverture. Comme si elles l'attendaient, de nouvelles images défilèrent pour lui prédire un futur tout aussi funeste que le précédent. Il n'en restait plus que deux, donc une avec les volets fermés. Un flash plus lumineux que les autres lui dévoila ce qui pourrait se révéler être une issue inespérée. Dans cette dernière prémonition, la porte n'offrait aucune résistance et lui permettait d'accéder au-dehors alors que sa poursuivante traversait le salon. Si seulement elle n'avait pas perdu ces précieuses secondes, elle aurait pu s'enfuir. Et ce maudit pouvoir, pourquoi ne lui avait-il pas divulgué un futur alternatif où elle serait en mesure de sauver Franck ?

Mais pourquoi Christine n'était-elle toujours pas arrivée ? Le temps s'était-il suspendu pour la torturer davantage avant sa défaite inéluctable ? En réalité, une fraction de seconde à peine s'était écoulée depuis tout à l'heure. Sans vraiment le comprendre, Julia se redressa à l'aide de ses deux mains. Au prix d'un effort terrible, elle réprima son écœurement au moment d'enjamber avec maladresse le cadavre de son amie.

« Te voilà ! gronda dans son dos une voix vindicative. Pas la peine de t'échiner à tenter de fuir, toutes les issues sont bloquées ! Tu me prends pour une amatrice ou quoi ? »

L'adolescente n'autorisa pas la plus infime lueur d'hésitation à gagner son esprit. Plus que deux mètres. Un mètre. Enfin, sa main droite attrapa la poignée et appuya. Une résistance empêcha le mouvement de se poursuivre et de l'abaisser. Pas le temps de laisser naître le moindre doute, sa main gauche tenait déjà la clé délaissée et la tournait. Un clic inaudible se perdit dans les vociférations répétées derrière elle. Une rafale parut l'accueillir quand elle franchit l'ouverture. Ce n'était en fait qu'une brise légère, qui suffit à revigorer son corps entier lorsqu'elle huma l'air au moment de disparaître au-dehors.

44

L'assaillante s'arrêta de marcher un instant, confuse. L'impossible venait de se produire, juste devant ses yeux. Comment avait-elle pu commettre un tel impair ? Cette erreur irrémédiable risquait d'avoir des conséquences plus que fâcheuses. Ce qui s'était déroulé dans la cave était déjà impardonnable, tous ces petits détails insignifiants qu'elle avait été incapable d'anticiper. Mis bout à bout, ils avaient abouti à ce désastreux dénouement dont elle n'avait été qu'une spectatrice impuissante.

Avec Annie, tout avait été différent, car tout avait été planifié. Aucune mauvaise surprise n'était venue gâcher la fête, pas même le coup du soupirail. Délier sa jeune prisonnière, lui offrir l'illusion d'une fuite éventuelle, l'observer, patienter pour au final la rattraper sans peine et la voir sombrer dans un désespoir sans nom. Les événements qui avaient suivi n'avaient été qu'une conséquence irréfléchie à la brève lutte qu'avait tentée Annie en découvrant qu'elle n'avait jamais été en mesure de s'échapper. Christine s'était soudain sentie envahir par la même frénésie jouissive qu'elle avait éprouvée dans le passé. Elle avait donné libre cours à ses pulsions, quand bien même elle avait planifié au préalable de jouer avec sa prisonnière un petit moment avant de procéder à son exécution.

D'abord horripilante, l'arrivée inopinée des deux gêneurs était vite apparue comme l'occasion rêvée de substituer sa captive par l'un d'eux. Elle avait exclu d'office la tentation d'en garder plus d'un en vie, cela entraînerait trop de complications. Sans deuxième pièce sécurisée, elle avait fait le choix, le très mauvais choix pouvait-elle dire à présent, de les séquestrer tous les deux inconscients ensembles au sous-sol, juste le temps d'aménager une seconde cellule de fortune. Elle aurait dû se borner à enchaîner la plus jeune à n'importe quel barreau ou pied de meuble, ça aurait fait l'affaire en attendant de supprimer Franck.

Elle reprit sa poursuite sans perdre un instant, alors que son amie disparaissait comme une ombre. Elle posa sa main munie de son couteau sur l'encadrement de la fenêtre, l'autre étant à nouveau occupée à masser son horrible contusion. Ses doigts tâtaient avec précaution sa tempe et se contentaient de n'exercer que de légères pressions, sans pour autant réussir à éviter de la faire souffrir à chaque contact. Ces effleurements successifs la confortaient dans sa certitude que les coups avaient déformé son crâne. Attisée par la douleur, la lueur malveillante qui avait commencé à poindre dans ses pupilles depuis qu'elle avait quitté le lit s'était propagée à tout son visage.

Plus question de faire du sentiment. Elle avait pourtant expliqué avec sincérité à son amie qu'elle regrettait de l'avoir trouvée ici. Elle l'aimait bien, réellement. Tout aurait pu bien se passer, elle aurait fait en sorte que sa détention se déroulât dans les meilleures conditions jusqu'au moment de son inévitable fin. Pas avec cette chère Annie. En toute circonstance, cette pimbêche feignait une gentillesse inépuisable. Si les autres n'y voyaient que du feu, elle n'était pas dupe, elle. Pendant des semaines, elle avait fait mine de se rapprocher d'elle pour percer à jour son hypocrisie. Sans succès. Même à la fin, acculée au supplice de sa mort imminente, Annie n'avait pas cédé.

Où était-elle passée ? La certitude de la coincer dans le salon s'était muée en un saisissement de stupeur au moment d'assister à son improbable évasion. Elle ne se rappelait pas l'avoir vu partir dans telle ou telle direction. Le balcon où elle se tenait entourait la pièce sur toute sa longueur et avait pu permettre à Julia de fuir autant par la droite que par la gauche. Voire droit devant si elle s'était donné la peine d'enjamber l'insignifiante barrière la séparant du jardin, moins d'un mètre en contrebas. Une infime trace brilla soudain dans le clair-obscur du crépuscule et attira l'attention de Christine. Celle-ci s'avança sur la gauche, se baissa et observa le plancher. Nul besoin de toucher pour reconnaître la substance rouge dont plusieurs gouttes apparaissaient maintenant sur le sol. La jeune fille posa malgré tout son index dessus pour ensuite le frotter avec son pouce. Elle n'avait pas le souvenir d'avoir réussi à l'atteindre avec son couteau. Pourtant, la preuve irréfutable tachait à présent ses doigts. Elle était bel et bien blessée. Plus un instant à perdre. Si la propriété était vaste, elle n'était pas si boisée que ça au final et n'offrait que peu de cachettes dignes de ce nom. Dans sa précipitation et sa méconnaissance des lieux, sa fuyarde avait eu la malchance de partir dans la direction opposée au portail. Sa singulière bonne fortune l'avait enfin délaissée.

Elle longea le côté de la maison au pas de course et dévala le demi-escalier. Un espace plus proche du terrain vague que du jardin d'agrément l'accueillit. Le petit jeu prendrait fin ici. Elle jeta un regard aux alentours. Son éphémère détenue était là. Pas maladroitement dissimulée derrière un des bosquets disséminés dans le parc de la propriété, non, elle s'enfuyait à découvert, certainement dans le but de contourner l'habitation pour rejoindre la sortie au plus vite. Christine jubila, les chances d'évasion de sa chère amie avaient été pour ainsi dire réduites à néant. Elle la rattraperait avant, ou au pire pendant qu'elle tenterait d'escalader le portail. Sans perdre un instant, elle reprit sa poursuite. Le moindre relâchement risquait de redonner l'avantage à Julia.

Au moment où celle-ci disparaissait derrière le coin de la maison, la moitié de la distance entre les deux jeunes filles avait été effacée. Fugitive, elle ne pouvait estimer l'avance qu'elle possédait encore, et jamais elle n'aurait osé jeter un œil dans son dos. Elle savait le danger proche, elle l'avait senti avant même de l'entendre. Depuis lors, des bruits de pas étouffés et une respiration aussi saccadée que la sienne la poursuivaient, sans lui donner d'autres indications que sa forte proximité. Aurait-elle le temps de grimper sans se faire agripper et rejeter en arrière ? En cas d'échec, la suite des événements serait aussi inévitable que dramatique. Comme Annie. Depuis qu'elle avait franchi le seuil et reçu l'air frais accompagné des derniers rayons vivifiants du soleil couchant, elle visualisait dans sa tête l'image de l'entrée principale. Pour effacer cet ultime obstacle, elle comptait s'aider d'un des deux larges poteaux, dont les briques apparentes feraient office de prises tout à fait convenables. Ensuite, courir éperdument, croiser un passant, se terrer dans un fourré providentiel, elle trouverait bien quelque chose pour ne pas gâcher son unique chance.

La sortie n'était toujours pas en vue. Si seulement elle était partie sur la droite, elle serait peut-être déjà dans la rue à héler dans le vide dans l'espoir de se faire entendre par le premier venu. Après avoir atteint l'extrémité du mur, elle le vit enfin. Si éloigné encore, le portail massif s'apparentait autant à une promesse de liberté qu'à une barrière insurmontable. Christine avait trouvé la propriété idéale pour ses méfaits. À l'écart de tout autre habitation et disposant en plus d'un terrain assez vaste pour contenir tout cri qui parviendrait par inadvertance à franchir les murs de la maison. Cinquante mètres ? Plutôt cent ? Impossible pour elle d'estimer la distance qu'elle raccourcissait à chaque foulée, d'autant que les ombres, la végétation et surtout son stress trompaient sans relâche son jugement.

Son pied gauche recula soudain au lieu d'avancer. Elle venait de trébucher contre une racine, bien visible en temps normal mais masquée par la pénombre du soir et les herbes hautes. D'un balancement de bras désespéré vers l'arrière, elle défia la gravité. Elle chancela comme un homme ivre mais évita une chute fatale. Manquant de peu de se tordre la cheville sur le sol irrégulier, elle sauta à cloche-pied trois fois avant de se rétablir et de reprendre sa course sans délai, si loin de son but. Elle savait qu'elle venait de grignoter le peu d'avance qui lui restait. Elle pressa le pas tout de même, incapable de se résigner. Un moyen devait bien exister pour lui redonner un peu de marge. Pourquoi l'autre ne pouvait-elle pas tomber, ou au moins vaciller à son tour ? Le temps paraissait parfois suspendu. Plus de souffle léger faisant frémir les feuilles et accompagnant leur poursuite d'un subtil murmure. L'objectif ne se rapprochait pas, comme si elle était contrainte à faire du surplace. Malgré l'absurdité de cette impression, Julia se demandait si ce phénomène étrange éprouvait sa cinglée d'ex-amie autant qu'elle.

Sa personne entière parut se figer l'espace d'un instant. Après cela, elle franchit quelques mètres supplémentaires avant que tout ne fût fini. Cette fois, elle tituba à peine sur ses jambes frêles. Elle s'écroula de tout son long sur un doux lit de verdure, lequel tranchait avec la rudesse du sol heurtant son corps.

Christine s'était arrêtée, elle aussi, déconcertée par le spectacle devant elle. Elle n'en demandait pas tant. L'intervalle entre elles était devenu négligeable de toute façon. Quelques instants de plus et elle aurait sans doute pu tendre la main d'un geste énergique pour lui attraper sa chevelure ondulant au vent. Elle se voyait déjà la tirer d'un coup sec en arrière et la regarder chuter contre la pelouse. Elle imaginait l'arrière de son crâne frapper la terre telle une vengeance de sa propre blessure. Un premier châtiment, qui en appellerait d'autres. Mais cette maudite sotte avait presque gâché son plaisir en s'affalant toute seule. Dans un moment pareil ! Sa première perte d'équilibre ne lui avait donc pas servi de leçon. Elle ne bougeait même plus. Elle n'avait pas pu perdre connaissance pour si peu. Non, devant l'indubitable imminence de sa nouvelle capture, elles étaient si proches, elle devait renoncer à présent face à son triste sort.

Christine resta encore un instant à l'arrêt. Tout l'avenir qu'elle avait orchestré pour sa petite camarade défilait dans sa tête, comme un film visionné en vitesse accélérée. Elle au contraire prendrait tout son temps pour s'occuper de son amie, de manière à lui faire payer de façon équitable ce qu'elle avait dû endurer par sa faute. Plus besoin de courir à présent, elle s'avança d'un pas décidé, les yeux fixés sur le corps inerte. Si Julia était inconsciente, cela ne durerait pas longtemps.

Elle s'apprêtait à se baisser quand un léger éclat détourna son regard, au loin. Elle leva la tête, sans être capable de déceler la moindre lueur. Un simple jeu d'ombres, assurément. Ce fut sa dernière pensée. Son corps fut projeté en l'air dans une incontrôlable et brutale vrille, plana quelques instants avant de s'écrouler au sol.

45

La détonation fut suivie de deux autres, si rapprochées qu'on pouvait à peine les discerner de la première. Le vieux crépi noirci explosa en deux impacts qui attestèrent que ces coups avaient manqué leur cible. La faute au mouvement soudain du corps dès la première balle reçue. Plusieurs oiseaux s'envolèrent et fuirent à tire-d'aile vers de nouveaux perchoirs, les plus éloignés possibles du périmètre du drame. Le bruit sourd du corps retombant sur le sol du jardin laissa place au silence.

Julia ne bougea pas. Pas même lorsqu'elle entendit des personnes situées à plusieurs dizaines de mètres courir dans sa direction. Elle ressentait la terre vibrer légèrement à mesure qu'ils s'approchaient. La peur n'avait rien à voir là-dedans. Elle savait pertinemment qu'aucun danger ne subsistait à présent. Si elle se relevait, ou plutôt quand elle se relèverait, elle devrait faire face à l'affligeante réalité. Elle pourrait bien chasser de ses pensées les images de ses deux compagnons abandonnés dans la maison, elle les avait trop dévisagés pour rester dans le déni, maintenant que tout était bel et bien terminé. Son plan avait beau s'être déroulé à la perfection, il ne suscitait que frustration chez elle. Pourquoi n'était-elle pas parvenue à réaliser une telle prouesse plus tôt ? Elle s'abstint d'essuyer sa joue humide, mélange de sueur et des larmes inarrêtables qui avaient commencé de couler avant même d'avoir entendu le coup de feu. Elle resta là, étendue contre l'herbe douce.

Les pas lourds la dépassèrent en faisant résonner le sol autour d'elle. Un instant plus tard, elle sentit une présence au-dessus de son corps.

« C'est fini, ma petite, tu n'as plus rien à craindre. »

La jeune fille ne se leva toujours pas. Étendue sur le ventre, la tête posée de côté, elle préféra tourner les yeux en direction de la voix malgré la gêne occasionnée. Une très belle femme noire la surplombait. Dès qu'elle croisât son regard bienveillant, son propre visage se décrispa. La tension qui maintenait ses muscles depuis tout ce temps s'échappa comme un nuage de fumée dans le vent, la laissant incapable de réaliser le moindre mouvement. Elle s'essaya à sourire lorsque sa sauveuse s'agenouilla auprès d'elle, sans savoir si ses lèvres avaient bien voulu changer d'expression.

« Je peux t'aider à te lever, si tu as envie. Mais si tu préfères rester allongée, je comprends. Je n'ose imaginer ce que tu as dû éprouver ce soir. Si tu ne te sens pas la force de parler, fais-moi juste un hochement de tête pour me dire si tu penses être blessée. »

Malya guettait une réaction de l'adolescente toujours étendue au sol. Elle n'observait aucun signe d'inquiétude chez elle. Si la petite était bien sûr consciente de la situation, elle restait en état de choc. Néanmoins, l'inspectrice ne pouvait pas se contenter d'attendre là.

« Écoute, j'ai l'impression que tu vas bien. Enfin, dans ces circonstances, je veux dire. Je dois me rendre à l'intérieur de l'habitation, pour vérifier que tout est sûr. Christine avait-elle un complice ? Dans la maison peut-être ? »

Les prunelles de l'adolescente restèrent figées. Pour le moment, elle ne pouvait espérer une quelconque aide de sa part.

« Une ambulance et des renforts vont bientôt arriver, mais je dois contrôler que tout danger est écarté et m'assurer que personne n'a de blessures qui nécessitent des soins urgents. Annie devait être avec toi, je me trompe ? »

Cette fois, la jeune femme vit les pupilles de Julia se briser. Pas besoin de parole pour comprendre ce qui risquait de l'attendre là-dedans. Elle devait le confirmer d'elle-même. Malya se redressa et frotta ses genoux pour balayer les traces d'herbe et de terre.

« Tous... morts. »

Elle tourna la tête vers la victime rescapée et lui adressa un regard empli de tristesse. L'adolescente avait dû avoir toutes les peines du monde à prononcer ces simples mots « Je suis désolé, ma chérie. Tu n'aurais jamais dû vivre ça. » Elle attendit quelques secondes avant de reprendre. « Je reviens dans une minute. Ne t'inquiète pas, Christine ne pourra plus te faire de mal. »

À grandes foulées, elle disparut vite du champ de vision de Julia. Sans le savoir, elle parcourut en sens inverse l'exact chemin emprunté par la jeune fille lors de sa fuite. Elle monta l'escalier, s'approcha de la porte-fenêtre toujours ouverte. Elle sortit à nouveau son pistolet, jeta un rapide coup d'œil à l'intérieur avant de pénétrer dans la demeure, l'arme au poing.

Prête à tirer, elle avança avec précaution. Elle aperçut sur-le-champ la dépouille étendue et le rejoignit. À genoux, elle procéda à une indispensable vérification et ne put réfréner un mouvement de recul réflexe au contact du corps froid, comme Julia un peu plus tôt. Elle ne pouvait rien faire de plus. Elle se releva et continua son inspection en commençant par l'étage. Elle n'y trouva rien, hormis une chambre aménagée pour y retenir quelqu'un prisonnier. Peut-être en vue d'un nouveau kidnapping. Elle regagna le rez-de-chaussée, traversa un couloir et découvrit une cuisine, vide. Une porte grande ouverte l'accueillit. Elle s'approcha avec appréhension. Le silence était toujours aussi pesant. Depuis qu'elle avait tiré, elle craignait l'attaque-surprise d'un acolyte. Elle ne pouvait se résoudre à croire qu'une seule adolescente pût être à l'origine de tout cela. Elle emprunta l'escalier et descendit marche après marche pour limiter au maximum le bruit de ses pas. Elle déboucha sur l'ancienne cellule.

Ce qu'elle découvrit ruina en partie les hypothèses élaborées depuis l'instant où elle avait distingué l'agresseuse dans le jardin. À la place de Franck Malis, c'était une jeune fille qui était apparue dans le dos de Julia une fois celle-ci tombée au sol, une arme tranchante à la main. Elle avait pris conscience de la situation en un quart de seconde. Ôtée de tout doute, elle avait pu presser la détente au bon moment. Elle était convaincue à cet instant que les deux étaient de mèche. C'était certainement pour l'avertir de cette information cruciale que son collègue avait tenté de la joindre plusieurs fois de suite. Elle n'avait pas pris le temps d'écouter le message vocal quand elle avait vu la notification et avait même mis son téléphone en mode silencieux. Autant pour ne pas se laisser distraire à un moment aussi critique que pour ne pas se faire repérer. Elle ne regrettait pas. Sans cela, qui pouvait savoir si elle n'aurait pas eu quelques secondes de retard fatales sur l'issue des événements.

En abandonnant Julia, elle s'attendait à trouver Franck retranché dans la maison. Le pire était à craindre, car il n'avait pu manquer les coups de feu dévoilant à eux seuls que sa complice et lui allaient avoir des ennuis. Acculé, il aurait pu prendre Annie en otage ou en finir avec elle. La sauver aurait alors été périlleux. La triste réalité s'était imposée à elle pièce après pièce. Ils s'étaient trompés sur toute la ligne. Sans penser à ranger son arme dont elle n'avait plus besoin à présent, elle descendit pour effectuer un examen inutile. La mare de sang enveloppant le corps de leur ancien suspect numéro un ne laissait planer aucun doute. Elle fixa ses yeux livides, à la recherche d'une vérité qui lui échappait encore.

Toujours aux aguets, elle remonta retrouver l'adolescente, prête à la survenue de toute mauvaise surprise. Ses craintes la quittèrent sans tarder. Plus aucune trace de danger ne flottait dans l'atmosphère, ne restait qu'une ambiance mélancolique renforcée par l'obscurité grandissante. D'ordinaire scrupuleuse à l'extrême, son esprit se laissa convaincre que tout était fini. Elle évita le corps étendu d'un léger détour derrière le canapé et rejoignit l'extérieur.

Elle traversait le balcon à petites foulées lorsque des bruits de pas la firent tressaillir. Elle accéléra et courut à toutes jambes jusqu'à avoir la jeune fille dans son champ de vision. Une fraction de seconde lui suffit pour braquer son pistolet sur deux ombres s'approchant à grandes enjambées.

« Plus un geste ! » vociféra-t-elle.

Ce n'était pas la première fois qu'elle utilisait cet ordre dans des conditions d'urgence, mais jamais il ne lui avait semblé le hurler si fort. Le fond de sa gorge la brûlait presque. Les deux personnes s'arrêtèrent et levèrent d'elles-mêmes leur bras en l'air. Elle reconnut la forme distinctive d'une arme prolonger une des quatre mains. Le sang bouillonna dans ses veines. Elle effectua un tir de sommation sans attendre.

« Lâchez cette arme ! Tout de suite ! »

L'individu laissa tomber le pistolet.

« Calme toi, Malya, c'est nous. »

Les muscles des bras de l'enquêtrice se déraidirent dès qu'elle comprit l'imbroglio. Elle rangea pour la dernière fois de la soirée son automatique dans son étui et rejoignit Julia. La pauvre aurait mérité de ne pas vivre ce nouvel épisode de stress.

« Je suis désolée ma petite. » s'empressa-t-elle de chuchoter dès qu'elle arriva à sa hauteur. Elle jugea qu'elle devrait mieux éviter d'employer des termes tels que « ma petite » ou « ma chérie » à l'avenir. Pas sûr que cela eût l'effet escompté. L'adolescente commençait à se redresser. Sans l'imposer, Malya tendit sa main pour servir d'appui.

Julia accepta la proposition silencieuse et s'assit en tailleur. Ce simple mouvement lui donna la sensation de revenir à la vie. Elle ressentit un pincement au cœur. D'une certaine manière, elle avait l'impression de trahir Annie et Franck.

« Ne vous en faites pas, je crois que je n'ai pas eu le temps de m'inquiéter, tout est allé très vite. »

La policière l'observa, certaine qu'elle minimisait les choses. Depuis qu'elle s'était relevée, elle frottait par intermittence sa main contre jean avec vigueur. Comme elle ne semblait pas éprouver de douleur, Malya n'osa pas lui demander la raison de son geste. Elle poursuivit.

« Tu sais, tout à l'heure, tu es tombée en te cognant. Contre une pierre, ou une racine peut-être ? Eh bien, cet accident t'a sauvé la vie. Sans ça, je n'aurais sans doute pas pu avoir ton agresseuse dans ma ligne de mire. Eh ! Éloignez vos foutues lampes de nos yeux tous les deux ! Vous ne voyez pas que vous nous éblouissez ? Julia, je te laisse deux petites minutes pour parler avec mes collègues et je reviens, d'accord ? Et si tu as mal quelque part, n'hésite pas à nous le dire, ne put-elle s'empêcher de conclure en apercevant encore l'adolescente agiter son poing.

— Oui, oui. Pas de problème. » répondit cette dernière d'une voix plus ténue qu'elle ne l'aurait souhaité.

Elle voulait paraître le moins traumatisée possible, éviter plus que tout d'attirer davantage l'attention sur elle. Elle avait bien remarqué les regards plus qu'insistants de l'inspectrice. Celle-ci la scrutait d'un air aussi suspicieux que compatissant dès qu'elle se frictionnait avec sa main. Mais de son côté, elle était incapable de se retenir plus de quelques minutes consécutives. La sensation glaciale restait encore et encore, comme si une partie du corps de son amie avait imprégné sa paume depuis qu'elle l'avait touchée. Elle était convaincue que même la brûlure d'une flamme ne viendrait pas à bout de ce phénomène. Elle n'avait pas tort. Plusieurs années plus tard, cette sinistre perception tactile continuerait de se réveiller de temps en autres et exhiberait dans son esprit d'anciennes images si douloureuses à se remémorer.

Elle repensa à sa chute. Comment la policière et Christine avaient-elles pu y croire ? Elle s'était sentie si ridicule, comme une apprentie comédienne sans talent ratant dans les plus grandes largeurs une audition quelconque. Elle s'était contentée de taper fort dans la terre avec son pied dans le but de ralentir et de créer avec plus de facilité l'illusion d'un déséquilibre puis d'une dégringolade pure et simple. Pour autant, aucun doute n'avait traversé son esprit au moment d'entreprendre cette pitoyable cascade. Depuis son séjour dans la maison, la perception de son don avait changé. La distinction entre visions du passé, prémonitions hypothétiques ou indubitables étaient limpides. Déjà dans le salon, elle était parvenue à utiliser son pouvoir par sa propre volonté, sur chaque issue envisageable. Dehors, la manifestation avait été différente. Plusieurs futurs s'étaient succédé à ses yeux, sans qu'une seule seconde se fût pourtant écoulée dans le monde réel. Sans rien discerner au lointain, son corps s'était déplacé spontanément pour imiter l'unique action salvatrice qu'elle avait vue. Une fois de plus, elle regretta de ne pas avoir été en mesure de maîtriser cette force en elle plus tôt. Tout se serait terminé différemment.

Une lueur oscillante capta son attention. Sa sauveuse se rapprochait, seule. Sans doute pour ne pas lui mettre trop de pression.

« Désolé, j'ai été plus longue que prévu. La nuit tombe

vite, on y verra plus clair avec ça. » L'inspectrice posa la large lampe au sol, la luminosité réglée au minimum pour ne pas les aveugler. L'ambiance était loin d'équivaloir celle d'un feu de camp, mais l'air parut s'apaiser progressivement.

« Écoute, ta mère a été prévenue. Ne t'inquiète pas, on lui a tout expliqué, elle va venir à l'hôpital et tu la retrouveras là-bas. Même si tu ne présentes pas de signes de blessures, il faut qu'un médecin t'examine. Si tu le souhaites, je me suis arrangé pour que tu puisses voir une psychologue sur place aussi.

— Euh, OK.

— Par contre, une seule ambulance va arriver pour le moment. Tu vas devoir attendre un tout petit peu de ton côté, d'accord ? Mais ne t'inquiète pas, Jack, c'est mon collègue là-bas, fait le nécessaire. Tu pourras partir très vite.

— Ok. » répondit Julia sans trop comprendre. Quelque chose clochait, mais quoi ?

« Tu as l'air encore toute troublée. Ça va aller, je te le promets. Christine ne pourra plus jamais vous faire de mal. Je ne vais pas te mentir, ce sera long, mais le temps cicatrisera tes blessures. Ça ne te dérange pas si j'augmente un peu la puissance de l'éclairage ? On n'y voit pas grand-chose en fait.

— Non, c'est bon, pas de problème. » répondit l'adolescente d'une voix presque lointaine. Elle commençait à avoir la tête qui tournait. Pas à cause de la lampe, non, mais en raison de sa position assise. Elle essaya de garder sa contenance au moment où la luminosité s'intensifia. C'était raté, à en juger par le regard interloqué auquel elle faisait face. À dire vrai, en fait de surprise, c'était plutôt de l'effroi qu'elle distinguait à présent. Elle entrouvrit les lèvres pour parler, sans trop savoir quoi demander.

« Ma chérie, ça va ? Mais que t'arrive-t-il ? »

La jeune fille vit les yeux de la policière la balayer de haut en bas. Elle s'examina à son tour, du moins ce qu'elle pouvait observer d'elle-même. Rien ne se démarquait sur son jean bleu marine sali par ces récentes acrobaties nocturnes. Son t-shirt rose pâle n'avait pas plus été épargné, mais elle ne put ignorer certaines taches significatives. Encore un saignement de nez. Ce n'était que ça. Elle poussa un léger soupir de soulagement. La policière s'était inquiétée pour rien. Elle avait certainement dû croire à une blessure infligée par Christine ou à cause de sa chute.

Julia nettoya d'un revers de main machinal ses narines des quelques traces de sang. Elle entreprit un sourire timide, dans l'espoir que cela suffirait pour chasser l'inutile appréhension de Malya. D'un œil distrait, elle regarda sa peau avant de se servir de son haut pour s'essuyer. L'état de son vêtement ne pouvait guère empirer de toute façon. Elle s'arrêta. La traînée rouge paraissait bien plus grande que les fois précédentes. À partir de cet instant seulement, elle sentit les gouttes de sang se succéder, descendre le long de ses lèvres jusqu'à son menton pour finir par se détacher dans un mince écoulement.

Ses paupières devinrent lourdes. Son crâne ensuite. En lutte contre elle-même, elle réussit à redresser la tête vers l'inspectrice et à lui tendre les deux mains.

Malgré la surprise, Malya réagit sans attendre et saisit la jeune fille. Néanmoins, celle-ci s'écroula dans la foulée et l'enquêtrice ne parvint pas à retenir le corps qui s'effondra sur elle.

« Jack, viens vite ! »

Son partenaire arrivait déjà. Il avait vu la scène se produire du coin de l'œil alors qu'il était en communication avec le commissaire. Il braqua sa propre lampe sur la jeune fille gisant dans les bras de sa collègue. La vision lui glaça le sang. Outre son nez, de nombreux filets pourpres parcouraient son visage, depuis les extrémités de ses yeux et de ses oreilles. Jack ne se perdit pas en présomptions hasardeuses. Tout en douceur, il soulagea Malya du corps pesant sur elle et l'allongea sur l'herbe. Il manipula la tête avec précaution et la reposa au sol en dernier. Il plaça sa large paume sur le front humide de la petite. Pas de fièvre. Au contraire, la température ressentie lui parut un brin trop froide. Comme en hiver, se dit-il, alors que l'image d'enfants jouant dans la neige malgré leurs mains nues glacées ne s'immisçât une seconde dans son esprit.

Il n'était pas médecin et n'avait jamais rencontré ça au cours de sa carrière. Il se passa les doigts dans ses cheveux et se tint la nuque. Ce n'était peut-être qu'une très rare réaction au choc émotionnel. Après avoir rapproché un peu plus la lumière, il confirma l'arrêt apparent des écoulements de sang. Il patienta avec nervosité jusqu'à entendre le son des sirènes qui annoncerait l'arrivée des secours. En fin de compte, ils allaient avoir plus de travail que prévu.

Épilogue

Adossé contre la portière, Jack considérait l'imposante façade lui faisant face. Après plusieurs minutes d'observation, il restait toujours aussi intrigué par la conception de l'édifice. Les intempéries avaient rongé le blanc originel des murs depuis des années et laissaient des traînées ternes ou même noircies, comme autant d'empreintes du temps passé. Les nombreuses fenêtres étaient dotées de stores de couleurs différentes censées égayer les lieux, du moins d'après la supposition de l'inspecteur. L'espace d'un instant, l'image d'un Rubik's Cube géant lui avait arraché un sourire. En s'y attardant, l'aspect général donnait en réalité l'impression d'un entretien plus que limite du bâtiment, où l'on aurait changé les rideaux au fur et à mesure des détériorations contre le premier bout de tissu venu, sans prendre en compte l'harmonie de l'ensemble.

Malgré la période de l'année, le soleil déjà haut dans le ciel agressait la peau du policier. Il avait renoncé à poireauter dans la voiture dès leur arrivée. Il aurait eu la désagréable sensation de se trouver en pleine filature alors qu'il attendait juste sa partenaire. Peut-être aurait-il dû l'accompagner en fin de compte, mais ce genre de lieu le mettait trop mal à l'aise. Si son métier nécessitait de s'y rendre à de nombreuses occasions, il évitait cette corvée autant que possible, grâce à la coopération bienveillante de Malya.

Ce n'était pas les quelques arbres rabougris qui allaient lui offrir une ombre de taille convenable, bien que leur hauteur indiquait qu'ils avaient été plantés depuis plusieurs années maintenant. Leur apparence rachitique et leur alignement en rangées beaucoup trop strictes pour créer un espace naturel apaisant donnaient plutôt l'image d'une armée de patients en attente de soins. Sacrée imagination, pensa-t-il en continuant d'observer cette scène tragi-comique dont il ne parvenait pas à se détacher.

Les portes automatiques s'activaient de temps à autre pour laisser des individus s'échapper de ce lieu et nourrissaient l'impatience de Jack dès qu'il se rendait compte qu'il ne s'agissait pas de sa collègue. Après une attente bien trop interminable à son goût, elle apparut enfin. Accompagnée par trois personnes habillées de longues blouses blanches, elle discuta encore un moment dehors avant de le rejoindre, une mine renfermée maquillant son visage.

« Alors, ça donne quoi ? demanda-t-il tout de go.

— Ils ne savent toujours pas. Ce n'est pas à proprement parler un coma, même de stade 1, car son corps répond à tous les stimuli et tous les tests réalisés. C'est comme si son cerveau était éteint, comme si elle dormait.

— Depuis sept jours ? Ça n'a aucun sens. Pourquoi ne l'envoient-ils pas dans un hôpital plus réputé que celui-là ? Sans vouloir les offenser, ce n'est pas ici que doivent se réunir les meilleurs spécialistes en la matière.

— Plusieurs neurologues se sont déplacés pour étudier son cas depuis son admission, mais la mère refuse de la faire transférer.

— Après ce qui s'est passé, on pourrait la forcer.

— La situation est déjà compliquée, pour elle comme pour nous.

— Mouais, ça me dépasse tout ça. Et du coup, ils ne peuvent pas savoir si elle va s'en tirer ou non, j'imagine.

— C'est ça. À l'heure actuelle, aucun signe physique ne tend à montrer qu'elle aura des séquelles, mais il faudrait d'abord qu'elle se réveille pour voir comment son cerveau se comportera malgré les dommages subis.

— Et l'autre fille ?

— Idem, répondit Malya au bout de quelques secondes. Son état est plus critique, même si la balle en elle-même n'a causé aucun dégât irréversible. Les médecins sont plus pessimistes sur son rétablissement, sur sa vie tout court. La perfusion paraît parfois inefficace et sa tension connaît de fortes chutes inexpliquées. Ils enchaînent les examens pour mieux comprendre les réactions de son corps. »

Ils gardèrent le silence une minute, sans pour autant prendre la décision de remonter dans la voiture. Jack fixa sa partenaire. Elle détourna les yeux. De mémoire, c'était la première fois qu'elle ne soutenait pas son regard.

« Tu les as vues, tu crois qu'elles vont s'en tirer ?

— Sincèrement, je n'en sais rien. Je ne suis même pas sûr qu'une des deux se réveille, et encore moins laquelle.

— Si une seule doit survivre, j'espère que ce sera la bonne. Le dénouement de toute cette histoire est bien assez sombre comme ça.

— Ne pense pas trop de cette manière, tu risques de provoquer la malchance. Et Annie, on l'a sauvée, elle. Dans ce genre d'affaire, c'est déjà bien. »

Songeur, Jack porta son regard au-delà de la cime des arbres derrière le bâtiment.

« On, tu es sûr ? On a surtout eu une sacrée veine que d'autres que nous résolvent toute cette affaire pendant qu'on faisait du surplace. Et regarde ce qui leur est arrivé ! Pardon, excuse-moi de m'emporter. Peu importe les circonstances, on peut s'estimer heureux qu'Annie ait été épargnée, Christine aurait tout aussi bien pu la tuer. Elle l'aurait sans doute fait tôt ou tard.

— Elle croyait avoir le contrôle. Ils pensent tous ça à un moment ou un autre, c'est ce qui permet parfois de sauver des vies.

— On sait quelle drogue lui avait administrée Christine au final ?

— Une Benzodiazépine, de l'alprazolam apparemment.

— Quésaco ?

— Du Xanax, si tu préfères. Elle avait un tel surdosage dans le corps que c'est un miracle qu'elle en ait réchappé. Quand je l'ai trouvée, j'ai d'abord cru qu'elle était morte. On sentait à peine son cœur battre au toucher. Et sa peau, tu n'imagines pas, elle était anormalement froide. En fin de compte, la léthargie et l'hypothermie étaient deux conséquences de son absorption forcée de stupéfiant.

— Mais comment cette gamine a-t-elle pu se procurer ce

genre de drogue ?

— Elle suivait une psychothérapie à la suite du soi-disant harcèlement dont elle avait été victime dans l'affaire Jonathan Malis. On lui avait prescrit ce médicament qu'elle a feint de prendre pendant tout ce temps.

— J'aimerais bien rencontrer le psy qui s'est occupé d'elle, il est passé à côté d'un sacré truc.

— Je te comprends, Jack, mais ce type d'individu est expert dans l'art de tromper son monde. Bon, assez parlé de ça, si tu veux bien. Viens, rentrons, nous avons nos bagages à faire. Je n'ai pas envie de rester plus longtemps devant cet hôpital. Tu ne lui trouves pas un aspect, je ne sais pas, lugubre ?

— Quelque chose du genre, oui. Tu as raison, nous n'avons plus rien à faire ici, ni dans cette ville. Cette histoire est terminée, pour nous tout au moins. Tiens, prends le journal pour la route. Notre cher Kévin a pondu un article, comment dire, grandiose. »

Il lui présenta le papier, mais sa partenaire ne daigna pas même lui répondre. Elle ignora la main tendue, ouvrit la portière et entra dans la voiture. Jack l'imita.

« Sans rire, après tout ce qu'il a fait pour l'enquête, il mérite bien cinq minutes de ton temps, non ? » Il agita encore le canard vers Malya avant de poursuivre. « Il a réussi à se faire passer pour le héros, tout en montrant une réelle compassion pour les victimes. Il a du talent, c'est sûr. Il a même raconté qu'il avait découvert le nom de la coupable grâce à un don. Comme une sorte de devin. Il est à moitié dingue, si tu veux mon avis.

— Bon, c'est d'accord, file-moi ça, soupira-t-elle en attrapant le journal au vol. De toute façon, si je ne me plie pas à ta demande, tu vas m'en parler encore plus longtemps.

— Tu l'as dit, partenaire. Allons-y. On peut plus rien faire ici. »

Il démarra et rejoignit la sortie au plus vite. Malgré la désagréable atmosphère ressentie durant son attente, il ne put s'empêcher de regarder dans son rétroviseur la bâtisse disparaître au fur et à mesure de son champ de vision. Il avait du mal à croire qu'un miracle pût se produire entre ses murs. Lorsque la longue ligne droite prit fin et éclipsa définitivement l’hôpital, il se promit d’appeler régulièrement le commissaire pour connaître le dénouement de cette histoire pour les enfants.

Du même auteur

Déluge, 2022

Visions mortelles, 2024

www.ingramcontent.com/pod-product-compliance
Lightning Source LLC
LaVergne TN
LVHW091316150826
845673LV00006B/1667

* 9 7 8 2 9 5 7 7 9 1 1 0 1 *